JN080137

真夜中の4分後

Four Minutes Past Midnight
Conny Palmkvist

コニー・パルムクイスト
堀川志野舞 訳

静山社

FYRA MINUTER ÖVER TOLV

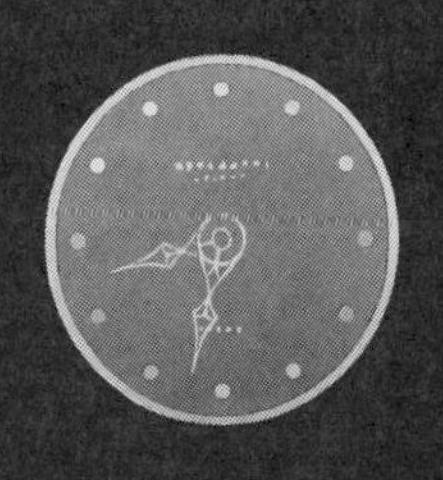

もくじ

最初の一日は、いちばんきついものだ

二十三時五十四分、ぼくはここにいる。生きている。
ぼくはここにすわって、生きているけど、同じころ、死にかけている人たちもいる。
いま、この瞬間(しゅんかん)にも、死にかけている人がいたっておかしくない。
この瞬間(しゅんかん)にも、この瞬間(しゅんかん)にも。

そういうものなんだ——はじめに、ぼくたちはここにいる。
つぎの瞬間(しゅんかん)には、いなくなっている。

たぶん、人の力でどうにかできることじゃない。
神さまとか、そういう存在がかかわっていることだ。
ぼくはもう、神さまなんて好きじゃないけど。
神さまみたいな存在も、みんな。
なんにも好きじゃない。
い、い、い、い、
犬だけはべつだけどね。

ぼくがすわっているこの部屋は、ふつうの部屋じゃない。スウェーデンのヘルシンボリという街にある病院の真ん中で、部屋というよりも、だだっ広い空間だ。床は緑色のビニール材で、壁は白くて、大きな絵がそこらじゅうに飾ってある。どんなに頭をひねっても、なにを描いた絵なのか、ぼくにはわからない。

ヘンテコな色が混ざっただけのもの。

だれかいたら、なんの絵かなってきけただろうけど、ここにいるのはぼくだけだ。

遅い時間だから、ここにはだれもいない。

夜のあいだ、この病院は完全に閉まっている。

つまり、ここにいるのは、入院している人だけ。でも、病気の人とかは、入れてもらえる。死にかけている人とか、その家族も。死にかけているのは、だれかの親かもしれない。

親がせっせと死にかけている時に、子どもがたずねてくることもある。

病院が閉まっていても、そういう子たちは、ここにいることを許されている。だけど、ぼくたちみたいな子どもは、そんなに多くない。

タバコや新鮮な空気を吸いに外へ出る人をたまに見かけるけど、その人たちは決してぼくに気づかない。つねに自分のことで頭がいっぱいだから。

でも、ぼくにはその人たちが見えている。その人たちを見ている。ここからは、フロア全体が見渡せる。病院の入口からエレベーターまで。エレベーターは六台あって、上にあるどの階にでも行ける。それぞれの階になにがあるのか、ぼくは知らない。

ぼくが知っているのは、三階にあるものだけだ。

エレベーターをおりて、右に曲がる。

ドアをあけて、受付で声をかける。「患者の家族です」って言えばいいんだ。

それか、だまって通りすぎるだけでもいい。

すると、そこに着く。

三階の。

二十八号室に。

その部屋で、ぼくのお母さんは、せっせと死にかけている。死んでもいいかと、ぼくの許可も取らずに。みんな、まずはわが子に許可を取るべきだ。子どもに決めさせるべきなんだ。

お母さんが死ぬのか、死なないのか。

そういう法律にするべきだよ。で、こう言うんだ、「法の名において、お母さんが死ぬのを禁じます。死ぬのは、いまから百年後じゃなきゃだめです」って。

でも、せっせと死にかけている相手に、そんなことは言えない。ほんとのところ、だまっておくのがいちばんだ。

話しても泣いちゃうだけだし、そのうち涙も枯れる。

そしたら、涙が出ないだけで、それでも泣きつづけることになる。

それって最悪だよ。

まだ悲しくてたまらないから、目がヒリヒリしてくるんだ。

とにかく、わんわん泣きじゃくりたい。

なのに、泣きじゃくりすぎて、涙はもう出ない。

アドバイス77

涙が枯れてしまうまで泣きじゃくらないこと。

ひとつできることは、役立つアドバイスを頭のなかでリストにして、必要な時はいつでも参考にするんだ。たとえば、ぼくの最初のアドバイスは、ユーチューブで犬の動画を見て元気を出すこと。かわいい犬の動画を。犬がおもしろいことをしていて、笑えるようなやつを。

そういう動画を見ると、かならず一、二分は元気が出る。

だけど、動画には終わりがあって、またすっかりシーンとしてしまう。

そしたら、べつの犬のべつの動画を再生すればいい。

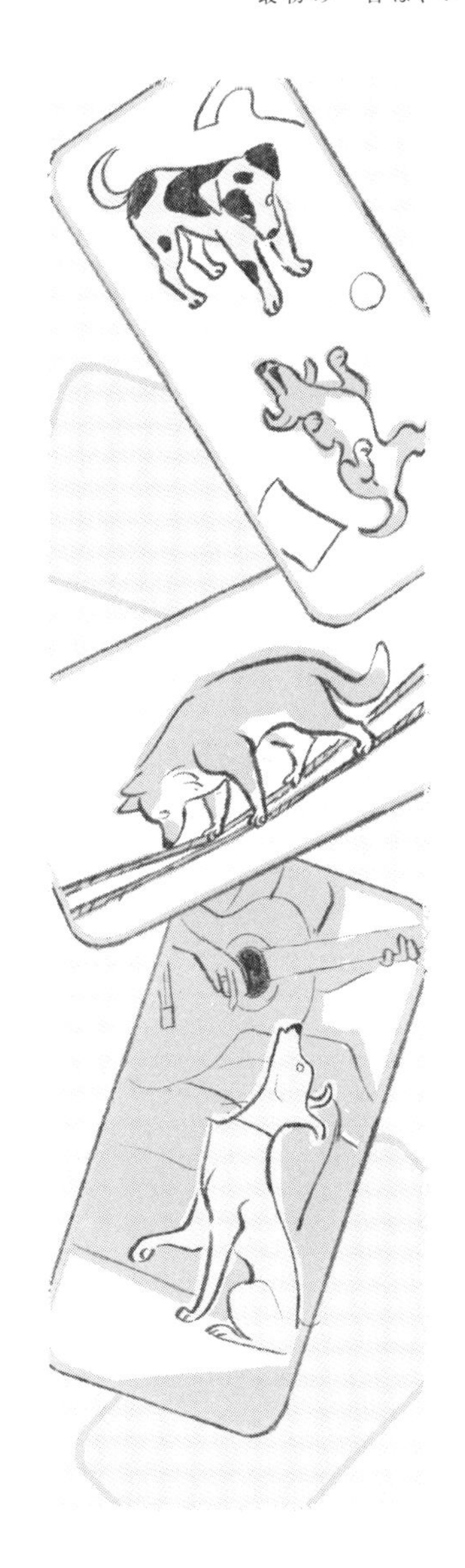

アドバイス78

なにもかもがいやになっても、犬のユーチューブだけはいつだって楽しめる。泣くほど笑えるはずだ。

つぎの動画が再生されるまでのあいだ、ぼくはぎゅっと目をつぶり、動画がとぎれる時間なんてないふりをする。しばらくすると、新しいゆかいな犬がゆかいなことをして、また心をなごませてくれるんだ。

ある犬は卵を食べていて、ある犬はあごひげをつけている。

ある犬は綱渡りができて、ある犬は歌にあわせてほえている。

ある犬の名前はケネディといって、アメリカの大統領の名前と同じだ。ずっと昔の大統領のことだけど。死んでから、もう六十年ぐらいたつ。

もういない大統領のことを考えると、もうすぐいなくなるお母さんのことを思い出しちゃうから、その点もリストにつけ足しておく。

アドバイス79

ケネディっていう犬の動画は見ないこと。ケネディはとっくに死んじゃったから。

もう死んでいるほかの大統領の名前もぜんぶググってリストにつけ足して、ルーズベルトとかニクソンとか、レーガン、ブッシュ、フォード、グラントなんていう犬の動画を、うっかり見ないようにしてある。

死なない名前がついている犬がいちばんいい。それなら、これから死んじゃう人のことを思い浮かべずにすむから。

ハハハ、宙がえりできる犬だって。

ハハハ。

笑いすぎて、おしっこちびっちゃったかも。

ハハハ。

まさかね。
上を向くと、天井に天使が見える。透きとおった幽霊みたいに、明かりの下に浮かんでいる。

アドバイス80

決して上を向かず、下だけ向いておくこと。

おもしろい犬がいるのは、下のほうだ。
上のほうには、いいことなんてひとつもない。
壁の時計によると、いまは二十三時五十七分。
最後に時計を見てから、三分しかたっていない。
百八十秒。
ゼロみたいなもんだ。

床にコインを落としたような音がした。コインは転がっていって、すこしすると止まった。

背の高い男の人が角を曲がってきて、ぼくの目の前で立ち止まる。緑色の制服にベレー帽、大きくてずんぐりした黒い靴。ベルトには、ありとあらゆるものをぶら下げている。警備員に必要そうなものを。電話とか、警棒とか。丸めがねをかけていて、肩幅が広くて、ぼくはその人の影にすっぽり包まれてしまう。

「やあ、きみ」警備員は、うなずきながら言う。大人ってやつは、自分にはよくわかってるんだぞって伝えたい時、いつもうなずいてみせる。たいしたことは言っていなくても。

「ん」新聞を取ってきてくれる犬を見て、ぼくは笑いながら言う。「この犬、ほんとにすごいや」

「こんな夜ふけに、ひとりでここにいたらいけないんじゃないかな。面会に来たのかい？　だれか呼ぼうか？　きみの……ママかパパを？」

警備員はぼくの名前を知りたがっている。そりゃそうだ。でも、そしたら、こっちも相手の名前をきかなきゃならないし、めんどうなことが増えるだけだ。

ぼくは首をふって、立ち上がる。

「お母さんに会いにきたんだよ」部屋の真ん中にある柱のところに歩いていき、いくつもならんだボタンを見ながら答えた。三番のボタンを押し、警備員のほうをふり返る。

「お母さんは三階にいるんだ」

それをきくと、警備員はいかめしい顔つきじゃなくなった。

くちびるをかんで、ごくりとつばをのんだ。

ぼくがだれなのか、もうわかったんだろう。

ぼくがだれなのか、みんなが知っている。


エレベーターに乗りこむ時、いくつかの声がきこえた。ぼくが頭のなかでつくりあげている声。

「ニコラスを知ってる？」声のひとつがたずねる。「濃い茶色の髪をした、背の低い子だけど」

するると、べつの声が答える。「えー、どの子かなあ。もっとくわしく。その子、何歳なの？」

「たぶん十二歳ぐらい」

「うーん……だめ、まだわかんない」

「わかるはずだって。お母さんが死にかけてる子」

「ああ、あの子ね！　うん、あの子ならみんなが知ってる」

この病院でぼくを見かけた人たちは、きっとそんな話をしているんだ。

アドバイス81

死にそうな母親がいるように見せないこと。

だれかが死にかけている時に最悪なのは、その人がいずれ本当に死ぬってことじゃない。死んでしまって、いなくなっちゃうのは、もちろん悲しい。

でも、それ以上にいやなのは、まちがいをやり直せないことなんだ。

ずっと頭からはなれない失敗や、やらかしちゃったことを。

あまりうまくいかなかったことを。

たとえば、三年前のぼくの誕生日とか。お母さんとお父さんは山ほどプレゼントをくれたのに、ぼくはふてくされていた。もらったのが、ほしいスマホじゃなかったから。ぼくは怒鳴りはじめたんだ。

その夜遅くに、落ちこんだお母さんの話し声がきこえた。わんわん泣いていた。

ぼくは、ごめんなさいを言わなかった。そして、いつしかすっかり忘れてしまった。

でも、いまは、あの日のことを思い出してばかりいる。

朝起きると、そのことを考えて、夜寝る時も、そのことを考える。お母さんが病気だってことじゃなく、あの日のことを考えている。お母さんが最後に思い出すのが、あの日のぼくのことだったらどうしよう。取り返しのつかないことをしちゃった。そんなふうに考えるのを、やめられない時もある。

それは罪悪感だって言う人もいるかもしれない。でも、ぼくに言わせれば、それは心の痛みだ。

おなかが痛いのに似ているけど、それより千倍も悲しいんだよ。

アドバイス82

わけもなく、ばかなまねをしないこと。ごめんなさいと言えないまま、何千年も後悔するかもしれないんだから。


三階に着くと、ぼくはエレベーターをおりて、しばらくじっと立っている。夜中の病院ほどさびしい場所はない。きこえるのは、遠くでだれかが足を引きずって歩く音と、ビーッという装置の音だけだ。それから、バタンと永遠に閉ざされるドアの音。

壁の時計は二十三時五十九分をさしている。

真夜中の一分前。

三十四病棟の外で呼び鈴を押して、なかに通してもらえるのを待つ。この時間には、どのドアも鍵がかかっている。スマホを握って立っているぼくを見て、看護師が笑顔を見せた。

いい笑顔とは言えない。しょぼくて、ぱっとしない感じ。

「あら、ぼくちゃん、ご機嫌いかが?」とでも言いたそうな笑顔。

わかってる。ぼくに笑顔を向けるのは、この病棟でお母さんが死にかけているからなんだ。さっきの警備員みたいにうなずいてみせるかわりに、悲しそうにほほえんでみせる人もいる。

でも正直、そんなふうに笑いかけられるのは、いやじゃない。

ほんのちょっとだけ、さびしさがまぎれるから。

二秒間だけだとしても。

看護師はなにも言わずにドアをあけた。ぼくの肩に手を置いて、笑みを浮かべたままでいる。

「見てよ、この犬」ぼくは言った。

でも、看護師は、まともに見ていない。ぼくのスマホなんかぜんぜん見たくなくて、ドアのところで立ち止まっていたくもないのに、ぼくをよろこばせるためだけに、作り笑いをしている。

「さあ、行きましょう」と静かな声で言った。

看護師の名前はパリス。なんか、へんな名前。

パリス・ラーション・ケアー。

ぼくたちが歩いているろうかの照明はうす暗くて、輪郭のぼやけた影を落としている。

ぼくの靴は床にこすれて、キュッ、キュッ、と音を鳴らしつづけている。ゴムの靴底、ビニールの床材、体重三十キロの男子。

「いくつだっけ、十二歳？」二十八号室に着いた時、パリス・ラーション・ケアーがたずねた。「そうよね？」

パリスは、ドアについた小窓の向こうをのぞいている。

ぼくのことは、もう見たくないんだ。

感じよくするため、ぼくはうなずいた。

パリスはぼくの肩を抱いていないほうの手でノブをまわし、くちびるをかみしめながら、ドアをあけた。ぼくといっしょに病室には入らず、ろうかを歩いていってしまう。すすり泣きながら。すすり泣くことは、看護師の仕事じゃないと思う。悲しそうな顔をして、ほほえんでみせるだけでいいはずなのに。すすり泣くのは、オマケみたいなものなんだろう。


そうして、ぼくは病室のお母さんのところにもどった。

なにもかもがくそったれの、三階にある病室。

この病院のなかで、三階にいる時だけは、好きなだけきたない言葉を使ってもいいんだと、ぼくは思っている。

そう決めたんだ。

バカ、ちくしょう、くそったれの、ウンコたれ！

いまは夜中の十二時きっかり。どうでもいいかもしれないけど、お母さんがせっせと死にかけている部屋のなかに見えるのは、こういうものだ。

1：部屋の真ん中に置かれた、ビニール製のマットレスを敷いた大きなベッド

2：ビーッと鳴って、チカチカ点滅している、たくさんの装置

3：ベッドに寝ているお母さん

4：木製の椅子にすわっているお父さん

5：壁のひとつについた、ふたつの窓

6：黄色い花束

7：鏡

部屋の照明をかなり暗くしてあるから、自分の姿もよく見えないぐらいだ。お母さん

のためだよ、とお父さんは言っているけど、そんなのおかしい。お母さんは、ずっと目をつぶったままなんだから。一週間近くも。

ブラインドを閉じていないので、外に広がる街の様子が見える。大きな建物や公園の木々が。

ダークブルーの空、ふわふわした雲、満月。

この部屋にいるあいだ、ぼくはスマホをいじらない。スマホをいじると、お父さんをイライラさせて、ため息をつかせることになるから。ぼくがじっとすわって、両目でひたすらお母さんだけを見ることを、お父さんは望んでいる。

「ニコラス、おまえのためなんだ」とお父さんは言う。

けど、それもおかしい。だって、お母さんを見るのはつらいんだ。

もう涙も出なくなっちゃったいまは、とくにつらい。

お父さんは白いTシャツを着て、何日もひげをそっていない。目はうるみ、髪はボサボサだ。ベッドをかこむ金属製の手すりのあいだから腕を通して、お母さんの手を握りながら、一日のほとんどをそこにすわってすごしている。お母さんはぴくりとも動かない。

「どこにいたんだ？」お父さんは、お母さんから目をはなさずにきいた。

「下だけど」ぼくは肩をすくめて答えた。

お父さんはこっちを向いて、ぼくの目をまっすぐ見つめている。そうやって見つめられると、悲しみで体がまっぷたつに裂けてしまいそうな気がして、耐えられない。ぼくは流し台のところに行って、コップに水を入れた。お父さんは、へとへとに疲れ果てた声で話しつづけている。

「おまえもここにいなさい」お父さんは、ぼそりとつぶやく。「その時がいつ来てもおかしくないし、その時が過ぎたら……」

あとはなにも言わず、病室はしんとなった。

ビーッ、ビーッ、と装置の音がするだけ。

ビーッと鳴る地獄の装置。

ときどき、夢に出てくることがある。
「とにかく、ここにいなかったら後悔するだろうから」
お父さんはそう言ったあと、だまりこむ。
ぼくは水をさらに四杯飲んで、身じろぎもせず立っている。
装置に背を向けて、窓に背を向けて。
お母さんとお父さんに背を向けて、全世界に背を向けて。
天国と地獄とそのほかのすべてに背を向けて。

ぼくがなにを気にしているのか、お父さんはわかっていないんだと思う。
ちゃんとお別れを言うのが、どんなに大切かってことが。
こんなふうにじゃなく。
そもそも、死んだお母さんたちは、どこへ行くんだろう？
ぼくは知りたかった。

それがわかれば、ちょっとは安心できるかもしれない。

お父さんが伸(の)びをして、もう長くはないだろうから、ここでいっしょにすわって待ちなさい、とかなんとか言っている。でも、ぼくにはできない。

お父さん、ごめん、ぼくはすわっていられない。

ここにじっとしていたら、爆発(ばくはつ)しちゃう。

そんな気がするんだ。

お父さんは半(なか)ば立ち上がって、お母さんのほうに身を乗り出している。ぼくはちらりと様子をうかがって、急いで逃(に)げた。勢(いきお)いよくドアをあけ、ろうかに飛び出すと、パリス・ラーション・ケアーが目を上げて、びっくりした顔でぼくを見た。パリスは止めようとしたけど、ぼくはすばしっこいんだ。パリスのわきを通(とお)り抜(ぬ)けて、ろうかを走っていく。

ねえ、なにがあったの、と言ったあとで、パリスは口をつぐんだ。なにがあったのか、はっきりわかったんだろう。ぼくとは反対方向へ歩きはじめたから。二十八号室に向かって。ぼくはいま、とてもじゃないけど、あの部屋にはいられない。

ぼくはもう、エレベーターのところまで来ていた。この階のエレベーターホールも広い。ぼくはポケットに入っているスマホの重みを感じた。心臓がドクンといっている。ドクン、ドクン、ドクン。どうなんだろう——子どもが耐えられないような気分になるのは、ふつうのこと？

いま、ここで、どこにも逃げ場がないと感じているのは。

なにもかも無理だって気がする時、どうしたらいいんだろう？

四方から壁がせまってくるような気がする時。

ぼくはまさにそんな気分だ。

この病棟のロックされたドアへと、べつの看護師が近づいてくるのが見えた。看護師はドアの向こう側から、ぼくに手をふっている。くたびれた様子で、なにか言おうとしながら。そこにじっとしてなさい、と目で訴えているのが、ここからでもわかった。

けれど、鍵がどこかおかしいみたいで、看護師はドアをあけることができずにいる。

ぼくは思っている——こんなのありえない、って。

ありえないことは、起こらないものだ。

エレベーターの行き先の階を選ぶ小さな柱に手を伸ばし、でかでかと表示された一階のボタンを押そうとした時、あるものに気づいた。

地下のボタンの下に、もうひとつ赤く点滅しているボタンがある。いままで見たおぼえがない。赤いボタンなんて、あったっけ？　そのボタンには、階数もなにも書いていない。

なんでそんなことをしたのか、自分でもわからないけど。

ぼくは、そのボタンを押した。

エレベーターのドアがすぐに開く。

ぼくは乗りこんだ。

向こうにいる看護師が三十四病棟のドアをやっとあけた時、エレベーターの扉が閉まった。

アドバイス83 ピンチの時には、いつもエレベーターがある。

エレベーターは、ガタガタいって動きはじめた。

ぼくはスマホを取り出して、時間をたしかめた。

真夜中をきっかり四分過ぎている——〇時四分。

スマホをまたポケットにつっこんで、金属製の手すりにしがみつく。おかしなことが起きないように。

どう考えてもおかしなことが起きないように。

それでも、おかしなことは起きる。

お母さんが死んじゃうって時には。

そんな時には、なにが起きてもおかしくない。

地の果てから来た列車

エレベーターが動き出してから、まだ二、三秒しかたっていなかったけど、階と階の中間で止まっちゃったらしい。照明が消えて真っ暗になり、大きな鏡に映る自分の姿も見えないほどだ。懐中電灯があれば、この暗闇を明るく照らすことができるのに。

待てよ、スマホがあるじゃないか。

そう気づくのと同時に、エレベーターに明かりがもどった。

目の前のデジタル画面の表示を見ながら、いま何階かを数えていく。二階、一階、地下。すると、画面がちらちら揺れて、いきなり〈終点〉と表示された。

終点？

まるで駅みたいだ。

最後の最後にたどり着く場所。

エレベーターのなかにある鏡は曇りひとつなくて、ぼくの姿がはっきり映し出されている。赤いパーカーを着て、ぼさぼさの髪に青白い顔をした、ニコラスという名前の男の子。その手は震えていて、その目はうるんでいる。

どこにでもいそうな子。

ぼくは自分にそう言いきかせている。

ぼくは、どこにでもいそうな子だ。

ほとんどの子たちには、三階でせっせと死にかけているお母さんはいないし、ほとんどの子たちは、エレベーターで地下深くへおりていくこともないけど——さっきまで存在もしなかったような場所へ。

ぼくはもう一度スマホを取り出して、画面をにらんだ。

おかしいな、まだ○時四分だ。

エレベーターのドアはまだあいていなかったから、ぼくはスマホをじっと見つめたまま、頭のなかで百二十まで数えた。二分が過ぎたはずなのに、過ぎていない。あいかわらず、○時四分だ。

その時、スマホの画面が真っ暗になった。

そして、目の前のドアが開いた。


おそるおそる、外の地面に足を踏み出した。地面と呼ぶのがぴったりだ。床じゃない。足下には細長く砂利が敷き詰められていて、上を見ると小さなレンガのアーチでできた大きな屋根がある。レンガのアーチは何か所か崩れ落ちていて、すきまから淡い黄色の光がもれている。電灯はどこにもなくて、あるのはやわらかなその光だけだ。

地面と屋根のあいだには、高い柱が立っている。

光をめざして伸びているみたいに、緑の植物がくねくねと壁をつたって、上のほうまで這い進んでいる。

足を踏み出すと、すこし向こうの地面がちょっと低くなっていて、一本の長い線路が横切っているのが見えた。さびた茶色の大きな列車が一台とまっている。三両編成みたいだ。色は深緑だったころもあったんだろう、ところどころに塗装の跡が残っている。先頭部分の窓はなくなり、金属の車両にオレンジ色の汚いすじが走っている。

列車の真ん前の線路は、水たまりにつかっている。

病院の上の階よりも、ここはもっと静かな感じがする。

ビーッと鳴る装置もないし、へとへとになりながら走り回っている医者もいない。

水たまりに一滴の水がしたたり落ちる音さえしない。

ぼくは耳をすましながら、さらに何歩か歩いてみる。

うん、ここでは、ぼくも音を立てていない。

かすかな足音もしない。

まるで空中を歩いているみたいだ。

だけど、靴のまわりには砂ぼこりが舞っているし、後ろを見ると地面には足跡がくっきり残っている。ただ音がしないだけで。

なにかさけんでみようかと思ったけど、うまくいかなかった。声をうしなっていて、しゃべろうとしてもなにも出てこない。

頭のなかでしか音がきこえない。

思考の声っていうのかな。

ふり返ると、開いたままのエレベーターのドアが、四角い光みたいに見えた。

ここは駅のホームなのかな、木でできたベンチもいくつかある。

ベンチの木は腐っているけど、すわって様子をながめることはできる。

だから、ぼくはそうした。


緑の植物のなかには、光が射しこむ天井の穴を、通り抜けているものもある。ここにいても、怖いとは感じない。

その時、遠くに物音がきこえた気がした。

けれど、それは音じゃないとすぐに気づいた。

足の下で、地面が振動している。

すわっているベンチが揺れはじめた。

トンネルのずっと奥に、光が見える。その光はすこしずつ明るくなり、暗闇を追い払っていく。でも、新しくやってきたさびた列車のほかに見えるのは、奥(おく)に続くトンネルだけだ。

その列車は線路の水たまりをつっきって、そこらじゅうに水をはねちらしながら、音もなく近づいてくる。そして、最初からとまっていたもう一台の列車の手前で、ぴたりととまった。

音はしなくても、自分がハッと息をのむのがわかった。

スマホを取り出してみたけど、画面は真っ暗なままだ。本体の横についたボタンを押(お)しても、なんの反応(はんのう)もない。いまが何時なのか、それだけでもわかればいいのに――上の階でベッドに寝(ね)ているお母さんが、もしも……そうだよ、もしも。だめだ、そのことは考えるな。

そのことは考えるなよ、ニコラス。ぼくはずっと、自分にそう言いきかせている。

ぎゅっと目をつぶって、あけようとしない。

――もうこっちを見ていいのよ。

もちろん、いまのは人の声だ。

でも、ちょっとちがう。

頭のなかにきこえる声。

こだまみたいに。

——こっちを見て。

ぼくは目を閉じたままでいたかったけど、頭のなかで声がするんだから、だれの声なのかたしかめないのも気持ちが悪い。そんなことが起きたら、じっと目をつぶっているわけにはいかない。

アドバイス84　声がきこえたら、見上げてみるんだ！

目の前に、おばあさんが立っていた。

髪が腰まである。灰みたいな色をした髪だけど、つややかだ。

目は茶色で、くぼんでいる。

このおばあさんは……ほほえんでいるのかな。

しわだらけの顔で。

おばあさんの顔をまじまじと見ながら、年寄り（としよ）のゾウみたいだな、とぼくは思った。

そう、皮膚（ひふ）にしわが刻（きざ）まれた、年寄り（としよ）のきれいなゾウ。

――ゾウに似（に）てる？

頭のなかで声がした。

ぼくは返事をしようとするけど、ぜんぜん声が出せない。

――考えるのよ。そうすれば、ちゃんときこえるから。わたしがゾウに似（に）てると思った時みたいにね。

ぼくはうなずき、おばあさんをちらりと見上げた。

――すごくすてきなゾウなんだよ。すごく年寄り（としよ）で、すごくすてきなゾウ。写真で見たことがあるんだ。でも、いつもは子犬の写真を見てる。ちっちゃい犬の写真を。

おばあさんはうなずいて、ぼくをじっと見つめた。体を半分ひねって、ふたつの柱のあいだを指さしている。そこに時計があることに、ぼくは気づいた。時刻は○時四分だ。

――そのとおり。この〈終点〉では、いつも○時四分なの。

ぼくはおばあさんを信じていない。

これが現実に起きていることで、ぼくが本当にこのベンチにすわって、ヘルシンボリの病院の地下にある古い駅でおばあさんと話をしているんだとしたら……どうして、ここにはほかにだれもいないんだ？

それは、おばあさんに向けた質問じゃなかった。

ふと思っただけだ。

真夜中の四分後。

ぼくは、おばあさんにべつのことをたずねた。

――この場所はなんなの？

おばあさんはため息をついたらしい。音を立てずに。

――ここは、はざまの場所よ。

きっと、ぼくはとまどった顔をしたんだろう。おばあさんはすぐに説明をはじめた。

――生と死のはざま。ただし、この旅は一方通行と決まっている。人がここにやって来るのは、すべてを終えたから。まあ、ふつうはね。あなたはここにいてはいけないのよ。観光客はお断り。

ぼくはうなずいたけど、ほんとはわかっていない。

必死に考えてみても、頭のなかはぐちゃぐちゃだ。ぼくは、おばあさんの茶色い目をのぞきこんだ。

――なんで、ここにはぼくしかいないの？

ばかみたいな質問をされて困ってしまったように、おばあさんは笑っている。

――本当にわからない？

ぼくは首をふった。

――ニコラス、あなたが時刻を○時四分で止めたのよ。お母さんが死んでしまう二分前で。

――ぼくが？

ぼくは立ち上がりながら、考えた。

おばあさんはうなずいたあと、頭をかたむけた。

――本当のことだとわかってるくせに。

おばあさんが言うのと同時に、そのとおりだとぼくは理解した。

――じゃあ、ニコラス、前に進む？　それとも、後ろにもどる？

答えを待たずに、ベンチにぼくを置き去りにして、おばあさんは背を向けて歩いていってしまう。ぼくはちょっと遅れてあとを追いながら、列車のまわりにこんもりと草が生い茂っているのに気づいた。

小さな白い花が二輪、草のあいだからのぞいている。

アドバイス85

前に進むか、後ろにもどるか。そんな質問をされたら、意味がわかるまで答えないこと。

ほこりっぽいホームを歩いているのに、おばあさんの灰色の服には一点の汚れもついていない。宙に浮かんで、ふわふわただよいながら進んでいるのかも。おばあさんの服の下の足は見えない。

おばあさんは立ち止まると、ふり返ってぼくを見た。

――ニコラス、前に進む？　後ろにもどる？

ぼくはうなずいた。いちかばちかだ。

――後ろにもどる。

その答えに、おばあさんは満足したみたいだ。このおばあさんがお母さんのことをなにもきかずにいてくれて、本当によかった。ぼくが逃げ出したことを、お父さんは怒っているかな？　いまごろ、どうしているんだろう？

——お父さんはなにもしてないわ。

——ぼくが時間を止めたから？

——そうよ。

——じゃあ、お母さんはまだ死んでないんだね？

ぼくがそう言うと、おばあさんはため息をついて、ぼくの頬に手を伸ばした。手の感触はないだろう、とぼくは思っていた。きっと、その手はぼくをすり抜けてしまうんだ。ところが、ちがった。ぼくの目の下あたりにふれた手のひらは、ひんやりしてやわらかかった。

——さあ、急いで乗って、ニコラス。時間がない。

——いっしょに来てくれるの？

おばあさんは片手をさっと動かして、客車についた短いはしごをのぼって列車に乗るよう、ぼくをうながした。おばあさんもはしごをのぼって後ろからついてくるのが、見なくても感覚でわかった。

列車のなかの様子は、想像とはちがった。進行方向を向いた横並びの席がずらずらと列になっているんだろうと思っていたけど、ふたつの赤くて長い座席が、車両の両側にひとつずつある。座席は革製みたいで、後ろの壁は濃いオレンジ色。

天井からは、つり革がぶら下がっている。

ぼくは座席に腰かけて、左右を見渡した。左右にそれぞれ五メートルの距離があるけど、ガランとしていてヘンな感じだ。

おばあさんは向かい合わせにすわり、両手をひざに置くと、目を閉じた。列車が動きはじめる。音もなく、すべてがただの夢みたいに。じっさい、夢を見ているだけなのかもしれない。

——まだ〇時四分のままよ。

ぼくの後ろにある窓の外をながめながら、おばあさんはささやくように言った。おばあさんがなにを見ているのか、ぼくにはわからない。列車が折り返して入ったトンネルは暗くて、どんなに目をこらしても、向かい側の窓にはなにも見えないから。

——そんなに遠くには行かないわ。

——そうなの？

行き先なら、あなたもちゃんとわかっているでしょう。おばあさんの目は、そう言っているようだった。そのとおりだ、ぼくには行き先がわかっている。

——二〇一七年に行くんだよね。

——そうよ。

——だけど、そんなの無理だよ。いまは二〇二〇年なんだから。時間をさかのぼるなんて不可能だ。

おばあさんはうなずいて、灰色の髪をなでつけた。

——じゃあきくけど、〇時四分で時間を止めることはできる？

——できっこない。

——なのに、いまもまだ〇時四分でしょう？

おばあさんは、ぼくの背後の壁にかかった丸い時計を指さしている。この列車に乗りこんだ時には、そこに時計なんてなかったはずなのに。黒い針はぴたりと静止している。しかも長針にはうっすらほこりがかぶっていて、短針ははずれかけているみたいだ。

おばあさんは頭をかたむけて言う。

――この列車をおりたら、一時間しかないのを忘れないで。

――一時間？

――そう。

なにをするための一時間なのか、おばあさんにききたかったけど、時間がなかった。なにもかも、バタバタとものすごいスピードで展開している感じだ。

――あなたはもう、おりないと。

おばあさんは立ち上がり、天井からぶら下がるつり革を引っぱる。すると、列車がスピードを落とすのがわかった。

目的地をめざして、線路の上を浮かびながら進んでいるみたいに、列車の動きはなめらかだ。やがて、列車はぴたりと停止した。

――いいわね？

――でも、どうすればいいのか、わからないよ。

おばあさんはぼくの手を取って、立ち上がらせた。ぼくはおばあさんの前に立ちながら、いまでは外がすっかり明るくなっていることに気づいた。窓から太陽の光が射しこんでいる。あたりに点々とほこりが舞い、陽射しを浴びてきらきら輝いているのが見えた。

――こんなふうに時間を止めておきながら、ねえ。

おばあさんは、あたたかい顔でぼくを見ながらつぶやく。

――どうすればいいのかも、わからないというの？

――ごめん。

――あやまらなくていいわ。

――だけど、ごめんなさい。

おばあさんはうんざりした様子だ。と、あまりにとつぜんすぎて、なにがなんだかわからないうちに、列車はいなくなっていて、ぼくはヘルシンボリのクリスマス・ロード三十四番地にいた。そこには、一棟のマンションがそびえ立っている。いまは夕方の遅い時間らしい。建物の後ろに太陽が沈みかけているから。

季節は夏じゃない。冬だ。

まわりの歩道に雪が積もっていて、ぼくは寒さに凍えている。

よくあるふつうの一日だ、とぼくは思いながら、マンションに近づいていく。

暗証番号を入力して、ドアをあける。

いまのところ、順調だ。

ぼくは一階分の階段をあがった。

ぼくたちの家のドアは、ほんのすこし開いている。

おかしい、けど。

ドアが開いているのは、ぼくには好都合だ。

家のなかの様子は、すべてが記憶どおりだった。ラックにかけてあるコート、帽子の棚。お母さんの帽子、お父さんの帽子、ぼくの帽子。

床には靴があり、ガタガタとだれかがキッチンで動き回っている。

せきばらいをすると、ちゃんと音がした。

いつもどおり、また声が出せるようになっている。

「ニコラス、あなたなの？」キッチンからお母さんが呼びかけてきた。

ぼくはドアマットにスニーカーを脱ぎ捨てた。

「ただいま」

こんなことってありえない、ありえるはずがない。


だけど、いまはもう〇時四分じゃない。

二〇一七年二月二十七日の夕方だ。

今日のぼくは九歳だ。壁にかかった鏡に映る自分を見ながら、そう思った。うす暗いろうかでは、はっきりとは見えないけど。

そう、いまは三年前。ぼくの誕生日だ。

魔法を使ったみたいに、ぼくはちょっと背が低くなっている。

それに、髪も長い。


ろうかを進み、暗がりを抜けてドアをくぐり、明るいキッチンに入る。ぼくには一時間しかない。

六十分でなにができる？

どんなことでもできる。

やるしかないんだ。

二〇一七年、キッチンに流れる『ムーン・リバー』

昔はよく、靴を脱ぎ散らかして、まっすぐキッチンに駆けこんでいったのを思い出した。玄関のドアをあけて家に入ってから、きっかり二秒でキッチンまで行けた。でも、今日は三十秒近くかかった。ろうかで立ち止まって、右側にあるドアのひとつをあけたから。ぼくの部屋、記憶にあるとおりだ。

壁に貼った犬のポスター。

大型犬、小型犬、白い犬、黒い犬、茶色い犬。

どの犬も、おどけた顔をしている。

あのころ、ぼくはその犬たちを見て笑っていた。

いまも、その犬たちを見て笑っている。

ぼくは部屋のドアを閉めた。

そして、あと二歩進む。


お母さんは、スポットライトの下に立っているみたいだった。こんろでミートボールを揚げている。お母さんの様子は、どこもおかしくない。そりゃそうだ。今日はふつうの一日なんだから。いまは二〇一七年で、もうふつうではいられないんだと、だれかに言われるまで、まだ一年以上ある。

人生で最悪のあの日は、まだ来ていない。

ぼくはキッチンテーブルの前にすわって、置きっぱなしのいらない郵便物の山を見た。家具、食べ物、銀行のチラシ。ぼくのチラシも――おもちゃの広告とお母さんが呼んでいたやつも――その山のなかにある。

「おかえり、ぼくちゃん」お母さんが言う。

毎日、家に帰ってきた時に、言われたこと。

おかえり、ぼくちゃん。

そのあとは、学校でどんな勉強をしたのか、いい一日を過ごしたか、大事件はあったか、ぼくにきく。お母さんはぼくに背中を向けて、鍋のなかのミートボールを混ぜている。

ぼくは、お母さんの言葉にぴったり合わせて、くちびるを動かすことができる。ぜんぶ暗記しているから。この瞬間をおぼえているから。

今日はぼくの誕生日、最悪だった誕生日だ。

「今日は、ほかになにかあったかしら？」忘れていることがなんなのか、本当はちゃんとわかっているみたいに、お母さんは声の調子を変えて言う。「なにか……特別なことが？」

うちのお母さんは夜に、お父さんは昼間に働いている。だから、ぼくの誕生日のお祝いをしてもらうのは、いつも夕方になる。お母さんが仕事から帰ってきて、すこし眠ったあとで。ぼくはべつに、いつ祝ってもらってもよかった。

「うん、なにかあるかも」ぼくは笑顔で答えた。

時計を見ると、ここに来てからもう十分が過ぎたことに気づいて、ギョッとした。いまは三時四十分、つまりここで過ごせる時間は、あと五十分しか残っていない。

だけど、なにをすればいいんだろう？　わからないや。

もしかしたら、なにもわからなくてもいいのかも。

ここにいるだけでいいのかも。

ここでふたりいっしょに、ちょっとだけ生きていられれば、それでいいのかもしれない。

お母さんが、生きるのをやめてしまうまで。

真夜中の四分後で時間を止めているうちに。

その時が来るのは、いまからたった三年後だ。それっぽっちの時間に、なにができるだろう？　じゅうぶんやれる？　なにが言える？　どんな役に立つ？

お母さんはこんろから鍋を持ち上げて、くるりとこっちを向いた。金色の髪は麦わらみたいな色をしていて、肩につく長さで、きれいにとかしてある。くしを入れたあとが、細い線として見えそうなぐらいだ。

前はよくそんなふうに思っていて、いまもまたそんなふうに思っている。

「もしかして、今日は……だれかの誕生日とか？」

いつもより早く、ぼくはその言葉を口にした。壁の時計に追いつめられている気分だったから。

頭のなかで、一秒一秒が過ぎていく音がする。

チク、タク、チク、タク。

お母さんはミートボールをスプーンですくってお皿に移すと、こんろからスパゲッティの鍋を持ち上げて、湯切りした。

大きなお皿いっぱいのミートボールと、スパゲッティ。

どんな味だったか、はっきり思い出せる。

昨日のことみたいにおぼえている。

「今日、お誕生日の人がいるなんて、きいてないけど？」お母さんはキッチンを横切って、冷蔵庫のほうへ向かいながら言う。「だれかのお誕生日なら、冷蔵庫に大きなバースデーケーキが入ってるはずでしょう、でも見たおぼえがないし……」

ふり返ってぼくを見ながら、お母さんはゆっくり冷蔵庫のドアをあけ、なかにケーキが入っているのを見ると、にっこり笑っておどろいたふりをした。

牛乳とバターの下、中央の段にケーキがあった。

緑色のケーキに、白いメッセージの文字。**ハッピーバースデー、いとしいニコラス！**

あの日したように、ぼくが歓声をあげて笑い出すはずだと、お母さんは思っている。

ぼくがここにいた、最初の時みたいに。

だけどいま、ぼくの頭にあるのは、お母さんからもう二度と「いとしいニコラス」と言ってもらえないんだということだけで、よろこぶどころか泣き出してしまった。二〇一七年には、まだ涙も枯れていないらしい。たっぷり残っている。

涙は頬をつたって、手やあごに落ちていく。

お母さんはびっくりしている。

お母さんは、ゆっくりと冷蔵庫のドアを閉めた。

そして、ぼくの前にしゃがみこんだ。

「学校でなにかあったの？」さぐるような目でぼくを見ている。片手をぼくのひざにのせて、考えこんでいるみたいに、もう片方の手をあごにそえている。「学校でつらい思いをしたことなんて、これまで一度もなかったでしょう。お友だちはたくさんいるし、先生がたはりっぱだし、名前はなんだったかしら、たしかスヴァンテ……」

「そんなんじゃないんだ」ぼくは、お母さんを見つめ返した。

本当に、いつもどおりのお母さんだ。ちっとも青白い顔なんかしていない。

体には管の一本もつながっていない。

ビーッという装置もない。

カウンターに料理がのっているだけだ。

窓から陽射しがふりそそいでいる。

お母さんとぼく。

いっしょにいるんだ。


「話してくれないと、心配でたまらないわ。今日はあなたのお誕生日だっていうのに」

ぼくはうなずいた。ぼくがなにを考えているのか、お母さんに話すわけにはいかない。このままだとお母さんは死んじゃうから、いますぐ病院に行かなきゃ。検査を受けたら、悪いところがすぐに見つかって、治すことだってできるかも……。そんなこと、言えるわけがない。

「お母さんが死ぬのはいやなんだ」ぼくは何度もくり返す。はげしく泣きじゃくるあまり、体が震えはじめている。「お母さん、死なないでよ！」

こんなことになるなんて、お母さんは思ってもみなかっただろう。今日はぼくの誕生日だ。それに、お母さんはまだ病気になっていなくて、元気なんだから。

こんなことを言うバカがどこにいる？

ここにいる、ニコラス・アンダースンだ。

死なないで、とぼくがまた言うと、お母さんは椅子を引き寄せて、ぼくのそばにすわった。すぐ目の前に向かい合って。ぼくの両手を包んで、さすっている。いまでは、ぼくはお母さんを泣かせてしまっていた。ぼくはとんでもない役立たずだ。

「まあ、かわいいニコラス」お母さんは一瞬ためらった。「お母さんは死なないわ……そう、いまはまだ、しばらくのあいだは……」そこで口をつぐんだ。「怖い夢でも見たの？　だからそんなに取り乱してるの？」

ぼくはどう返事をすればいい？

本当のことを言うわけにはいかない。

ぼくは未来から来たんだ、なんて。

だから、こう答えた。「うん、そう。怖(こわ)い夢(ゆめ)を見たんだ」

アドバイス86

タイムトラベルをしているなら、決して真実を話さないこと。物事がややこしくなりすぎるから。


いままさに、ぼくはアドバイスどおりのことをしている。

うそをつくほうが、ずっといい。

お母さんは泣きやんだ。

「ねえ、お父さんが帰ってくる前に、ケーキをすこしだけ食べちゃうっていうのはどう？　お父さんは六時まで帰ってこないし」

六時には、ぼくはもういないんだってことを、お母さんには言えない。時間切れで、未来にもどるんだってことを。

かわりに、ぼくはこう言った。「うん、いいね」

お母さんはジュースを飲ませてくれた。それも、大きなグラスで。

時間は進みつづけて、もう四時十五分になっている。

あと十五分しか残っていない。時間切れになったら、なにが起きるんだろう？　ぼくは、そわそわしはじめていた。同じ列車に乗って、同じ駅にもどらなきゃいけないのかな？　あのエレベーターで、上にもどらなきゃいけないのかな？

わからない。わかっているのは、このままだとお母さんが死んじゃうってことだけだ。

たぶん。

ぼくがなにかしないかぎりは。

ぼくが挑戦しないかぎりは。

アドバイス87

決して挑戦をやめないこと。挑戦をやめるのは、あきらめるようなものので、そんなことはだれも望んでいない。

もっとケーキを食べる？　お母さんに何度かきかれた。

プレゼントがいまほしい？　とも。でも、ほしくない。プレゼントは見たくない。残りの十四分間をプレゼントに使いたくない。時間はそれしか残っていないのに。あと十三分。

十二分、八分、七分、五分。

プレゼントなんて、どうでもいい。

どうでもいいんだ。

ふたりでなにを話したのかも、自分がなにを言ったのかもわからないけど、お母さんは落ち着いたみたいだ。お母さんがラジオをつけると、歌が流れてきた。この歌が終わったら、時間はもう……ぼくの心のなかは、氷のように冷たくなった。

映画に使われた有名な歌、『ムーン・リバー』だ。

ムーン・リバー、とても広い川だけど、いつの日か、みごとに渡ってみせよう。ああ、夢を生み出し、心を打ち砕く人、あなたが行くところなら、どこまでもついていく……

流れ者ふたりで、世界を見にいこう、まだ知らない世界がこんなにもある……。

「大好きな歌！」その曲を耳にしたとたんにお母さんはさけび、片手を差し出すと、ぼくを引っぱって椅子から立ち上がらせた。昔ときどきしていたように、キッチンの真ん中で、ぼくたちはダンスをはじめた。「こんな歌はほかにないわ、ニコラス。特別な歌よ」

残り三分。

三分なんて、ないようなものだ。ぼくはまだ心の準備ができていない。

その時、お母さんはいつも言っていることを言った。

ダンスをしている時や、ソファーにすわっている時、いつも言うことを。

ふと思いついたみたいに、話さずにはいられないみたいに、お母さんは言う。ぼくが……黄金でできた大事なものだというみたいに。

「あなたは輝く鎧を着た騎士よ、ニコラス。お母さんの人生の光。あなたがいてくれなければ、どうなっていたかしら。あなたはすばらしい息子だわ」

ぼくもそう思うと認めて、お母さんにたずねた。

「だからぼくに聖人の名前をつけたの？」

「もちろん」お母さんは笑いながら言った。

そう、ぼくの名前は聖ニコラウスにちなんでつけられたんだ。聖ニコラウスはどんなことでも叶えてみせたのよ、とお母さんはときどき話している。聖ニコラウスは、子どもや漁師、救いの手を求めている無力な人たちの守護聖人だ。

それと、弓を射る人の守護聖人でもあるらしい。

でも、弓を射る人に出会うことなんて、めったにない。

いまの時代には。

「ねえ、ニコラス」スピーカーから流れてくる音楽にあわせて、お母さんはまだダンスを続けている。「あなたは光。ううん、ちがうわね。あなたは光をかかえている。そうよ、光をかかえているのよ」

ぼくはうなずく。前にも、何度もきいたことがあるから。

ぼくも、そうだと信じているから。

でも、いまは信じていない。お母さんが死にかけているいまは。


音楽が小さくなっていって、歌手の声がきこえなくなった時、ぼくはお母さんのとなりに立っていた。お母さんは、食洗機から取り出したばかりのお皿に、ぼくの夕食を取り分けはじめた。

陶磁器のお皿はぴかぴかで、まだあたたかい。

「まずはケーキ、そのあと夕食」お母さんは笑って言う。「いやねえ、なんて悪い母親なのかしら。こんなこと、習慣にしちゃだめ」

ぼくはにやりとしながらも、涙が浮かんでくるのを感じた。

「ほら、またはじまった」お母さんはカウンターにお皿を置いて、ぼくのほうを向く。

「どうしちゃったのよ、なにがあったのか話して。このままにはしておけないわ」

残された時間は二分しかなかったから、ぼくはうなずいた。

それから、残り時間は一分しかなくなったから、ぼくはお母さんに話した。病院に行ってよ、悪いところがないか検査してほしいんだ、あの夢はすごくリアルだったから、と。

「ぞっとする夢だったんだ」ぼくはうそをついた。未来からもどってきたなんて、本当のことは言えないから。「お願い」

お母さんはくちびるをかんで、うなずく。

「わかったわ」もごもごとつぶやいた。

「ぼくが誕生日にほしいものは、それだよ」

時計が残り二十秒を刻みはじめた時、お母さんはリビングのほうを指さした。

「プレゼントなら、ちゃんと買ってあるのよ」

「わかってる。スマホと、犬のポスターと、靴と……ほかにもいろいろ。あとで、ぼくがなにを言っても……本気にしないで。プレゼント、ぜんぶうれしいんだ」

お母さんは、ぼくをじっと見つめている。

「どうして、それを……」お母さんは一歩あとずさりした。「プレゼントのスマホは、今朝お店で受け取ってきたばかりだから、もらえることを知ってるはずがないのに……」

すると、まわりのすべてが黒くなって、真っ暗でなにもなくなった。

お母さんもマンションも消えてしまう。

あっちに残されたのは、昔のほうのぼくと、びっくりしながらぼくの話を理解しようとしているお母さんだけだろう。だけど、理解できなくてもいいんだ。過去に残ったほうのぼくは、なにがあったのかぜんぜん知らない。

ぼくだって、ほとんど理解していないんだ。

胃がむかむかして、気持ち悪い。

暗闇のなか、どこかへ向かって旅をしている。

吐きそうだ。

アドバイス88

過去にもどってなにかを変えたら、未来も変わるかもしれない。

どんなふうに変わっているかは、わからないけど。

つぎの日には、すべてが変わっている

二秒だけ眠(ねむ)っていて、ハッと目覚めた時に自分がどこにいるのかわからない、そんな感じだった。一分前には二〇一七年にいたけど、いまはちがう。いまは二〇二〇年だ。目をあけるとすぐに、なぜかそれがわかった。

ぼくはベンチにいた。ヘルシンボリの病院の一階にある、だだっ広(ぴろ)い空間に置かれたベンチ。

頭がくらくらして、なにもかもがぼやけて見える。

ぼくは考える……けれど、まだ考えもしないうちから、なにを考えるつもりなのかわかっているみたいだ。

真夜中近く、ぼくはここにいる。生きている。

ぼくはここにすわって、生きているけど、同じころ、死にかけている人たちもいる。

いま、この瞬間にも、死にかけている人がいたっておかしくない。

この瞬間にも、この瞬間にも。


すべてがはじまった場所に、ぼくはいる。このあと、上の階にあがって病室に行き、お母さんがもうすぐ生きるのをやめてしまうんだって知ることになるはずで、時刻は
……ぼくは壁掛け時計の黒い針を見上げた。

見なくても、何時をさしているかはわかっている。

二十三時五十四分。二〇二〇年七月二十二日。

まただ。

アドバイス89

たとえ時間をさかのぼったとしても、どこかの時点から、また前に進まなきゃならない。そういう決まりなんだ。一応、言っておくよ。

ぼくはポケットからスマホを取り出してスクロールしていき、アイスクリームをガツガツ食べる犬の動画をさがした。最後には、鼻や口のまわり、顔じゅうがアイスクリームまみれになって終わるんだ。

ハハハ。これ、ほんと笑える。ハハハ。

前に見た時ほどは、笑えないかもしれないけど。

ちょうど一年ぐらい前から、ぼくはユーチューブでこういう動画を見るようになった。お母さんの身になにが起きているのか、知ってからすぐに。二〇一九年七月二十三日は、いい一日じゃなかった。お母さんは、この病院のカフェに会いにきてほしいと言った。ぼくは理由をきかなかった。病院ってとこは、落ちこんでいない人の気分もどんよりさせてしまう、息苦しい場所だ。ここでは、なにもかもが二倍に悲しくなる。

それでも、放課後、ぼくはお母さんに会いにいった。

お母さんは、車輪のついた棒みたいなものを使って腕に点滴をしながら、ぼくに近づいてきた。

お母さんは、菓子パンとチョコレートボールを買ってくれた。

それから、言った。「もっと食べる?」

深刻な話があるんだと、その時わかった。


お母さんは本当に死んじゃうのかもしれないってことが、その瞬間、ピンときた。それまでは、ずっとこう思っていた。お母さんが死ぬはずない。死んでほしくないって心から思っていれば、ぜったいに死なないって。

でも、お母さんが死ぬことはあるし、そのことをだれも気にしてくれない。

だれもって言うのは、お母さんの運命を決めた人たちのことだ。

ぼくたちはカフェのすみの席にすわっていて、近くに人はいなかった。お母さんはテーブルに両手をのせると、ぼくのほうに伸ばして、手を包みこんだ。そうして、ありえないことを話した。

ありえないことのなかでも、いちばんありえないこと。

言いかえれば、ウンコ中のウンコ。

お母さんは医者に言われたことを話した。そんなことを言うなんて、いい医者のはずがない。

その医者は、お母さんが病気だと言ったんだ。

生きていられなくなるだろうって。

ぼくはうつむいてテーブルを見て、床を見て、カフェ店員の女の人を見た。その店員は、たったいまお母さんがぼくにした話をぜんぶきいていて、例の悲しそうな明るい顔をぼくに向けている。あれだよ、だれかのことを気の毒に思って、ほんとは笑いたくないのに、ほほえんでみせるってやつ。動画のなかで犬が転ぶのを見た時に、ぼくがするみたいに。その犬を抱き上げて、なでて、ぎゅっとしてあげたいだけなんだけど。

そういうほほえみのこと。

看護師も、そういうことをする。パリス・ラーション・ケアーとか。

そんなふうにほほえんだ。

それはどうでもいいんだけど。

二〇一九年七月二十三日。

その日に、お母さんはぼくに話した。

あの時、ぼくはお母さんのことだけは見ないようにしていたけど、お母さんのほうはぼくに目を見てほしがっていた。でもさ、冗談じゃないよ。お母さんの目には涙が浮かんでいるんだから。目を見るなんて無理だ。それで、ぼくは席を立って、逃げ出した。全速力で走った。後ろから、お母さんが大声で呼びかけてくるのがきこえた。お願い、ニコラス。もどってきて、話をきいて。

でも、いやだ、ききたくなかった。
どうしても、きくことができない話なんだ。
頭のなかにおさめるには大きすぎて、きいたら爆発しちゃいそうな感じ。
だから全速力で走って逃げるしかない。
そう、時には走って地球を何周かすることもある。
あの日も、そういう時だった。
止まることができなかった。

その夜、お母さんが家に電話してきた時、ぼくは自分の部屋にいて、スマホで子犬の動画を見ていた。お父さんがお母さんと話しているのがきこえた。いまは無理だとお父さんは言っていた。すこし落ち着くまで時間をあげてから、また話してみようって。あの子もわかってくれるだろう……時間をおいて、状況を理解すれば、だって。
けど、そんなのうそだ、そんなことがあるもんか。

お母さんが生きていられなくなるなんて、どうすれば理解できるっていうんだ？　できるわけがない。

できることは、楽しい気持ちにしてくれて、忘れさせてくれるような、おもしろいものを見ることだけだ。

そして、あとになって、逃げたのを後悔することになる。

あの場に残って、お母さんの話をきかなかったことを。

お母さんは病院にいて、話したがっていたのに。

だけど、もう手遅れだ。チャンスは一回きりなんだから。

なにを見るわけでもなく、待合スペースにぼんやりすわっていると、床にコインが落ちるような音がした。

エレベーターの音はせず、照明はうす暗い。

二十三時五十七分。

警備員が角を曲がってくる。ぼくを見つけると、警備員は立ち止まった。今回は、床から拾い上げたコインを手にしている。警備員はコインをゆっくりこすりながら、ぼくに近づいてくる。

壁には、あの奇妙な絵。

ごたまぜの色の大洪水。

警備員の足音。

カツ、コツ、カツ。

あたりに音が響いている。

二足の厚底の黒い革靴が立てる音じゃなく、千もの足音、三百万もの足音みたいだ。

「きみひとりかい？」警備員は不思議そうな顔でたずねた。「夜のこんな時間に、ここにいたらだめだよ」

「いてもいいんだ」スマホの音を消しながら、ぼくは言う。「ぼくは、ここにいてもいいことになってるんだ。三十四病棟にお母さんがいて、それで……」

警備員は片手をあげて、うなずいた。光沢のある緑色の制服、ありとあらゆるものがぶらさがったベルト。

丸めがね、広い肩。

前に見た時とまったく同じ、なにも変わっていない。

だけど、どこかが……。

「きみがだれかは知ってるよ、ニコラス」ベンチの向こう端に腰かけながら、警備員は言った。「きみがなにをしたのかも知ってる」

この場ですぐに、信じてもらえそうなうそを思いつけたらいいのに。それか、うまい説明を。だれかに問いただされた時、必要なことをすべて説明できるような話を。

「ぼくはなにもしてない」ぼくは立ち上がりたかった。

けれど、こっちが身動きできなくなってしまうようなことを、警備員は言った。

「きみはエレベーターをおりて〈終点〉に行き、お母さんに会うため二〇一七年の二月二十七日にもどった。その日はきみの誕生日で、きみはケーキを見たとたんに泣き出したんだ」

どうしてわかったんだろう？　ぼくは不思議に思った。

でも、思っているだけじゃ、どうにもならない時もある。相手にわかるよう、ちゃんと声に出して言わなきゃいけない時もあるんだ。

「なんで知ってるの？」

「おれはリンカーンだ。この病院の警備をしてる」

「うん」

「そう、つまり……すべてを知ってるってことだよ」

ぼくは相手がいま言ったことを無視した。かわりに、この警備員の名前がリンカーンだということに注目した。あんまりだよ。リンカーンも死んだ大統領の名前じゃないか。

そのせいでぼくは、死にかけているべつの人のことを考えてしまう。大統領じゃなくて、世界一のお母さんのことを。

「リンカーンって言った？」

「そうだよ、リンカーンだ」

ぼくはまた壁の時計を見上げた。いま大事なのは時間だけだという気がして、ぼくはあせっていた。もしも、お母さんがもう上の階にいないとしたら。もしも、あの時ぼくが検査を受けるようにと言ったおかげで、お母さんはすっかり元気になって家にいるとしたら。もしも、もしも、もしも。

リンカーンは首をふった。

「そうかんたんにはいかないもんでね」あごをこすりながら言う。「言われなくても、わかるだろうけど。どういう仕組みか、もう理解してるかな？　きみは過去にもどったが、

過去に存在するのは、ひとつのバージョンのきみだけだ。あの瞬間は、ここにいるきみが、過去のきみになってるわけだ。わかるね？」

「うん」返事をしながらも、ぼくはまだ時計を見ている。

「どうしてあの日を選んだ？」

そう質問されて、ぼくは目をそらした。答えに自信がなかったから。本当にプレゼントが理由だったのかな？　そう、お父さんとお母さんは、ぼくがほしかったのとはべつのスマホを買っていた。ｉＰｈｏｎｅじゃなく、もっと安いやつで、ぼくは腹を立てた。ぼくはわめいた。ぼくはふたりを悲しませた。とくにお母さんを。過去にいるあいだに、ぼくはそのことをやり直したかった。

「だが、うまくいかなかったんだろう？　はじめてあの駅を利用する時は、なかなかうまくいかないもんだよ」

「なんでわかるの？」立ち上がりながら、ぼくはきいた。

リンカーンはにっこりして、壁の時計にあごをしゃくってみせた。

「言っただろう、ここの警備員をしてるって。病院の建物だけを見張ってるわけじゃないんだ。あの地下の駅にも目を光らせてる。だけど、なにより重要なのは、時間だな。おれは時間を監視して、やるべきじゃないことをやって問題を起こすやつが出ないようにしてる」

「問題って？」

「変えるべきじゃないことを、変えてしまうことだよ」

「過去の出来事ってこと？」

「そう、過去の出来事を」

もう起きてしまったこと――何年も前のこと――に首をつっこんだせいで、叱られるかと思ったけど、リンカーンは叱らなかった。エレベーターをあごで示して、時間だよと言っただけだ。

「走ったほうがよさそうだぞ。またすぐ会おう。いいかい、自分をあまり責めるなよ。お母さんにつらくあたった誕生日のことは忘れるんだ」

「忘(わす)れる？」
「そうさ。お母さんが気にかけてるのは、べつのことだとは思わないのか？　さあ、もう行かないと。時間がすり抜(ぬ)けていくぞ」

頭のなかに数えきれないほどの思いをかけめぐらせながら、ぼくはうなずいた。

ホールの真ん中にある柱まで走っていき、三階行きのボタンを押(お)す。ドアが開く音がして、ふり返り、反対側にあるエレベーターに歩いていきながら、柱についた行き先ボタンにちらりと目をやる。緊急(きんきゅう)の場合に備(そな)えて、いちばん下に赤いボタンがあるはずだ。
〈終点〉行きの、特別なボタンが。

だけど、そんなボタンはない。

ぼくを乗せたエレベーターはウィーンという音を立てながら上がっていき、きっかり九秒後に、お母さんがいる階でドアが開いた。

この前よりも急ぎ足で、ぼくは病棟(びょうとう)に向かって歩いていく。

そこにお母さんはいないかもしれない、そこにお母さんはいないかもしれない。

あれからお母さんは本当に病院で検査をして、必要な治療を受けたのかもしれない。

でも、だんだんありえないことに思えてくる。ドアの向こう側から、パリス・ラーション・ケアーがやってくるのが見えた。一瞬、過去を変えたおかげで、パリスはぼくと会ったこともないんだと確信して、ホッとするあまり笑いそうになった。

なのに、パリスはドアをあけて、いつもと変わらないことを言った。

いまにも泣きそうな、あの笑顔で。

「あら、ニコラス。病室に行ったほうがよさそうよ……」

スマホはポケットのなかにしまってある。見るたびにぼくを笑わせてくれる犬たちのことも、忘れかけていた。

パリス・ラーション・ケアーは、今回もぼくとならんで歩いている。

ぼくには、なにひとつ変えられなかった。

歩く速度まで、前と同じだ。

パリスが二十八号室の外で立ち止まる様子も。ドアをあける前に、小窓からなかをのぞきこむ様子も。

「いくつだっけ、十二歳？」パリスはきく。「そうよね？」

ぼくは返事をしない。息をするのもやっとだ。

なにも変わってないなんておかしいよ、と思いながら、病室に足を踏み入れる。

いまは〇時一分、お母さんがせっせと死にかけている部屋のなかに見えるのは、こういうものだ。

1：部屋の真ん中に置かれた、ビニール製のマットレスを敷いた大きなベッド
2：ビーッと鳴って、チカチカ点滅している、たくさんの装置
3：ベッドに寝ているお母さん
4：木製の椅子にすわっているお父さん
5：壁のひとつについた、ふたつの窓

6：黄色い花束

7：鏡

お父さんは前とはちがうシャツを着ている。ちがうところは、それだけだ。

白いシャツじゃなく、青いシャツ。

無精ひげもちょっと伸びているかもしれない。

体重も二、三キロ増えているかも。

お父さんの背後にあるブラインドは開いたままで、街の様子は前とまったく同じに見える。大きな建物と公園の木々、暗い影。地平線上のシルエット。

雲間から満月が顔をのぞかせている。


「どこにいたんだ？」お父さんは、お母さんから目をはなさずにたずねた。

「下だけど」ぼくは肩をすくめて答えた。

お父さんは、しんどそうにうなずいた。ぼくはこの状況を前にも経験したけど、それで今回がラクになるわけじゃない。

「もうここにいなさい」お父さんは椅子から立ち上がっていて、前回よりも早くなにかが起きていることに、ぼくは気づいた。

ぼくは前回よりも一、二分遅れて来た。

装置が奇妙な音を立てはじめる。

ビーッという音は、お母さんの心拍なんだろう。

べつのものかもしれないけど、ぼくにはわからない。

お父さんは、前に言ったことを今度は言わない。「とにかく、ここにいなかったら後悔するだろうから」とは。時間がないんだ。ぼくが来るのが遅すぎたせいで。

お父さんは物音ひとつ立てずにいる。

だから、ぼくは逃げ出した。

壁掛け時計の長い針は、四分をさしている。

○時四分。

天井の照明がパチパチいってちらつき、お父さんはお母さんの頰に手をあてていて、ぼくはドアノブをつかんで、影になったみたいに病室からするりと抜け出す。全速力で。

面会者用の椅子のそばにあった観葉植物をひっくり返して（前回はやらなかったことだ）、床に土をまき散らす。植物はポキッと折れて、大きな二枚の葉っぱがすべっていく。角のところでパリス・ラーション・ケアーのわきを通り抜けると、相手はおどろいてしゃっくりをする。

ぼくはもうエレベーターホールまで来ている。

柱をめざして、赤いボタンをめざして、走っていく。

エレベーターはもう来ていて、ぼくが乗るのを待っている。

下へ。ぼくは下へおりていく。

なにもかも。下へおりていく。

ぼくは金属製（きんぞくせい）の手すりにしがみつく。おかしなことが起きないように。とんでもなく

おかしなことが起きないように。

それでも、おかしなことは起きる。

お母さんが死んじゃうって時には。

そんな時には、なにが起きてもおかしくない。

アドバイス90

なにかをやってみるのに、一度じゃ足りないこともある。うまくいく

まで、何度かやってみなきゃいけないこともある。

地の果てから来た、もう一台の列車

全力で走ってきたせいで、ぼくはエレベーターのなかで息切れして、前かがみになっていた。階数を表示している画面を見ることもできない。でも、頭のなかでカウントダウンをしている。三、二、一。この前みたいに、照明がぜんぶ消えて、床が揺れたかと思うと、エレベーターはまた動き出す。

明かりがもどった時、となりにおじいさんが立っているのに気づいて、ギクッとして飛び上がりそうになった。

こんなこと、ふつうは起きない。

画面をちらりと見上げる。

エレベーターが止まるのと同時に。

〈終点〉だ。

いちばん下の階。

この人はだれなんだろう？　おじいさんはとまどったようにぼくを見て、上着をまっすぐに直している。

黒いスーツを着ているけど、生地がやぶれている。

背中の部分は裂けているみたいだ。

左腕がなくなっている。

そして、おびえた顔をしている。


前回ここにおりてきた時に、鏡に映る自分を見つめながら考えていたことを思い出す。

どこにでもいそうな子、それがぼくだった。

あと何か月かは十二歳。

子どもは、こういう目にはあわない。

でも、この状況はさらにまずい。

このおじいさんは何者なんだ？

エレベーターのドアが開くと、外の様子をうかがいながら、なんとなくスマホを出した。この前と同じか知りたくて、時間を確認しておきたかった。説明もほしかったのかもしれない。
○時四分。
まただ。

すると、バッテリーが切れてしまったみたいに画面が暗くなり、ぼくはスマホをジーンズのポケットにつっこんだ。ひとつ深呼吸する。

男の人は、手さぐりしながらエレベーターをおりていった。

ぼくも砂利の上に足を踏み出した。一歩進むたびに、砂利がまき散らされるのが見える。足音はやっぱりしない。南のほうを向くと、トンネルが闇にのみこまれたみたいに見える。北のほうには、暴走してしまったような列車がある。線路の上におかしな角度でとまっていて、まわりには長い草が生い茂っている。

機関室がぐしゃっとつぶれていて、さびた茶色に濃いオレンジの線がペイントされている。黒い穴がふたつ。フロントガラスがなくなっていて、ぱっちりした黒い目みたいにぼくをまっすぐ見つめている。フロントガラスの下の金属が裂けて垂れ下がり、まるで折れてガタガタになった歯が線路にのっかっているみたいだ。

男の人は列車がある北のほうに歩いていき、ふり返りもしない。

ぼくは南を向いた。トンネルのほうを。トンネルの暗闇のなかへ、金属のレールがくねくねと延びている。

ぼくの頭上の屋根はひび割れていて、細いすきまから星明かりが射しこんでいる。円錐形のやわらかな光が、地面を照らしている。でも、その先のトンネルは、本当に真っ暗だ。

もう一台の列車はまだ到着していなくて、前の時と同じく、すべてが静まり返っている。その時、遠くはなれた影のなかに、動くものが見えた。黒い服を身にまとった四人の男が、すばやい動きでぼくのほうに向かってくる。

男たちは剣と盾を手にして、鎖かたびらを身につけている。だけど、あれは人間じゃない。まだずいぶん距離はあっても、ぼくにはそのことがわかった。

男たちは、おぼろげな光のなかに足を踏み入れると、動きを止めた。

ためらいながら、ぼくを指さしている。

そのうちに、また動き出した。

あんな男たち、ぜんぜんおぼえてない。

前もここにいたっけ？

ここがどういう場所かをうっかり忘れて、なにをするつもりなのかときくため、ぼくは男たちに向かってさけぼうとしていた。そうだった、ここでは声が出ないんだ。

かわりに、頭のなかに言葉を思い浮かべようとした。

返ってきたのは、怒りに満ちたうなり声だけだ。

男たちの声は、犬のうなり声みたいに、頭のなかに響いた。

南の方角からやってくる、剣と盾をふりかざした怒れる犬。

南のトンネルから、全速力で向かってきている。

ぼくはもう、まばたきさえできない。

男たちとのあいだの距離は、あと二十メートルしかない。

どうすればいいんだろう？　十二歳の少年が、どうすれば太刀打ちできる？

こっちは、身を守れそうなものなんて持ってないのに。なにひとつ。

ぼくは列車のほうに向かって走り出した。天井にあいた穴から、光が明るくふりそそいでいるところが何か所かある。そこは草が濃く茂っていて、レールの両側の水たまりが深そうに見える。ホームから水たまりのひとつに飛びおりると、靴がぐしょぐしょになった。

かたむいた列車に片手をつきながら、立ち止まってふり返る。きっと、あの四人の男たちは、ぼくの空想の産物だ。

ううん、空想なんかじゃない。でも、男たちはそれ以上、近づいてきていない。エレベーターのドアのそばに立ち、ためらいながら見張っている。

顔の前に盾をかかげて。

苦痛に顔をゆがめているようだ。

光のせいか、とぼくは気づいた。

あいつらは、天井からふりそそぐ光をいやがっている。

それか、エレベーターからの光を。

アドバイス91

何者かに追われている時は、影から抜け出して光をめざすこと。恐ろしい生き物は、光が好きじゃない。

追加のアドバイス

まじめに、アドバイス91を決して忘れるな。

男たちはトンネルのなかへと、じりじりあとずさっていく。ぼくは線路を渡って列車の向こう側へ回りこみ、ほかにはなにがあるのかたしかめようと、車両に沿って歩いていく。なにか大事なものを見落としていてもおかしくない。

やっぱり見落としていた！　南だけじゃなく、北のほうにも短いトンネルがある。

北側のトンネルを抜けると、あたたかくて新鮮な夜の空気のなかに出た。頭上には電線がかかり、交差して弧を描きながら、遠くまで張りわたされている。

それと、向こうのほうに建物もひとつある。うす明かりのなかに立つ、二階建ての木造の駅舎。

ここはいつも夕暮れ時なんだ、とぼくは気づいた。

どうしていままで気づかなかったんだろう。

駅舎の一階の窓には明かりが灯っていて、そよ風にカーテンがひらひら揺れている。

正面入口には、かたむいた小さな屋根がついていて、その下に立って列車を待つことができる。線路ははるか先までずっと延(の)びているけれど、そっちの方角に目をこらしても、見えるのはぼんやりした形だけだ。

森や茂(しげ)み、丘(おか)のぼやけた輪郭(りんかく)。

あっちに行っちゃだめだ、と、なにかがぼくに告(つ)げている。

あそこは、この世界とはまったくかかわりがない。

つまり、ぼくの世界とはってことだけど。


人が最後の旅の果てにたどり着くのが、あの場所なんだろう。

たぶん、あれが本当の〈終点〉なんだ。

生きることを……終えた人の帰り道。

どこかべつのところへ向かう人たちのためにある。

ふり返ると、エレベーターにいたあのおじいさんがわきを通りすぎていき、ぼくはギョッとしてよろよろとあとずさった。おじいさんは、とちゅうで足を止めた。

——すまんが、私はどこへ行けばいいのかわかるかね？

ぼくは肩をすくめて、あの駅舎を指さす。

わからないけど。

——そうか。

おじいさんは片手をあげてお礼を伝えると、駅舎に向かって歩きつづけていく。おじいさんが駅舎の外に立ち、たったひとりの乗客として待っていると、北のほうから駅に列車が入ってきた。おじいさんはスーツのしわを伸ばして、ズボンについた土を払い落とそうとしている。

靴は片方しか履いていない。

おじいさんはふり返り、すこしのあいだ、明るい光の灯る窓のなかをのぞいていた。するると、思いがけないことに、おじいさんは笑った。目がきらきら輝いていて、そこには悲しみ以外のなにかがちらりと見てとれた。

おじいさんが乗りこむあいだ、列車はじっととまっていて、えんとつからうず巻く煙の柱を立ちのぼらせている。

列車は折り返して走り去っていったけど、やっぱり物音ひとつしなかった。エンジン音もなにも。

ここには鳥さえ一羽もいない。クロウタドリの一羽さえも。

――クロウタドリのさえずりがききたい？

ぼくのとなりに、灰色の長い髪をしたあのおばあさんが立っていて、走り去る列車を見送っている。手をあげてお別れのあいさつをしたあと、うなずいて反対を向き、短いトンネルのなかへと引き返して、つぶれた機関室のわきを通りすぎていく。

ほかに選択の余地もなく、ぼくはおばあさんについていく。

ぼくは、いまもあの子だ。

わかるよね、あの子だよ。
お母さんが死にかけている子。
そのことをみんなが知っている。
ぼくはそう思っている。

背の高いおばあさんは、壁のそばにあるベンチに腰かけた。その足は草にうもれている。砂利のあいだから、頑固な草のかたまりがつきだしている。砂利敷きのホームだけじゃなく、線路の枕木のあいだやすきまからも、草がつきだして生えているところが点々とある。茶色だらけのなかに、きわだつ淡い緑色。

——すわって。
おばあさんが、ぼくの頭のなかで言う。
——すわるよ。
ぼくは腰かけた。

それがぼくたちだ。灰色の髪のおばあさんと、まぶたがくっつきそうな男の子。ぼくはくたくただった。

――もうずいぶん長いこと眠ってないんでしょう。過去にもどっているからといって、休んだり眠ったりしていることにはならないのよ。何時間、起きつづけているの？　もうすこしのあいだ、起きたままでいられそう？

だいじょうぶだよ、と言いたかった。

でも、ぼくはうなずくだけだ。

きいておかなきゃいけないことがある。

――あのおじいさんはだれだったの？

おばあさんは、よくそうするように、ため息をついた。

これから物語をきかせようとするみたいに。

――交通事故にあった人。彼は準備ができたのよ。

ぼくは駅舎をちらりと見やる。
――みんな、あそこに行くの？
おばあさんはうなずいた。
いつかは……ということなんだろう。

人が「死ぬ」と口にするのは、かんたんなことじゃない。重すぎる響きがあるから。でも、「準備ができた」っていうのは、いい表現だ。その言葉をかわりに使おう。「準備ができた」、そう言おう。

アドバイス92

――あの人、窓のなかになにが見えたの？　すごく幸せそうだった。
おばあさんはもう一度うなずいたけど、はじめのうちは質問に答えなかった。
もしかして、答えを知らないのかな？
――だれもが人生で最高の瞬間を見るの。

——じゃあ、あの人も、自分の人生で最高の瞬間を見たの？

——そうよ。

前にここに来た時よりも、壁をつたいのぼる植物が、さらに成長しているみたいだ。そんなことって、ありえるのかな？　質問したわけじゃなかったけど、おばあさんの頭のなかにもきこえたみたいだ。

——すべてが変化するのよ。

おばあさんは暗いトンネルをあごで示した。

——ここでさえも。それに、もうわかってるかもしれないけど、あなたは彼らに見られてしまった。彼らは、行ったり来たりされるのが気に入らないの。

——ぼくを追いかけてきた四人の男？　あいつら、何者なの？

おばあさんはうなずいた。もう質問に答えたというみたいに。でも、答えていない。だから、ぼくはまたきいた。二度。すると、おばあさんは首を伸ばし、ぼくの頭のなかにささやいて、真実を教えてくれた。

——彼らは番人よ、ただし、リンカーンみたいに親切な警備員とはちがう。あのね、過去というものは……過ぎ去ったこと、もう起きてしまったすべてのことは……変えられるのをいやがるの。抵抗して、食い止めようとする。

ぼくはうなずき、自分がどれほど弱っているのか気づいた。

——だから彼らは見張っているの、秩序を守るために。

ちゃんと理解しているかたしかめようと、おばあさんはぼくをまじまじ見つめた。

死んでしまった人は死ななきゃいけないんだ、とぼくは思った。そうすれば、なにも変えられないし、この世のありとあらゆる問題を引き起こすこともないから。

——番人に捕まらないようにね。捕まったら、すべておしまいになるわ。

——おしまい？

——そう。

番人は、光を恐れているみたいだ。それを忘れないこと。ぼくは自分に言いきかせた。

ぼくのそばで、おばあさんはゆっくりうなずいた。

――光があなたの命を救ってくれる。

――うん。列車が来た。

列車がやってくるのが見えた。

暗闇を切り裂いて。

この列車は、ぼくのために来たんだ。それがわかっているから、ぼくは立ち上がって、客車に近づいていく。ドアが開くと飛び乗って、赤い座席にすわった。

これは前にもやったことがある、とぼくは思った。

自分がなにをしているのか、わかっている。

ううん、わかっていない。

ぼくにはなにもわかっていない。

お母さんはやっぱり死にかけている。

――こっちを見て。

声はきこえていたけど、ぼくは顔を上げて向かいにすわっているおばあさんを見ようとはしなかった。かわりに、よごれた窓の外をながめた。見えるのは、濃い灰色の壁だけ。列車の速度がすこしずつ上がっていくのを感じる。

おばあさんは長い灰色の髪を片手で集めて、肩の前に寄せた。ものすごく長い髪。ひざの上で輪になっている。おばあさんは、ぼくをじっと見つめている。吸いこまれそうな、あの大きな茶色の目で。

この前とまったく同じように、おばあさんはぼくにほほえみかけた。

――チケットは持ってる？

ぼくはハッとして、おどろいた顔をしたはずだ。

――チケットって？

おばあさんは笑っている。

――ただの冗談よ。

このおばあさんには、ユーモアのセンスもあるんだな。

列車はスピードを上げていきながらも、前回と同じくなめらかな動きで進んでいる。

天井のすきまから射しこんでいた光が、後ろに消えていく。

ここにあるのは、トンネルだけだ。果てしなく続くトンネルだけ。

異なる場所へ向かう列車が通るための。

――いま列車は、わたしたちの道を進んでいる。

おばあさんはそう言いながら、考えこんでいるみたいだ。

――ただ……どう言ったらいいのかしらね？　起きてしまったことを変えればいいというものじゃないのよ、ニコラス。さっき言ったでしょう。過去というものは、変えられるのをいやがる。だから、あなたがもっとラクになれるような出来事を選びなさい。

ぼくはおばあさんを見上げて、くちびるをなめた。

――なにもせずにあきらめろってこと？

それは、自分への問いかけだった。

おばあさんは目を閉じて、首を横にふった。おばあさんは深い物思いに沈んでいるけど、ぼくにはその声がきこえた。

――ねえ、あきらめるということではないの。人生が進む道を受け入れるということなのよ。いまは、あなたにはその道が受け止めきれなくて、だからわたしといっしょにここにいるわけ。わたしがあなたの面倒を見てる。

このおばあさんは、ぼくが背負っている重荷がなんなのか、わかっているのかな。ぼくは、すべてを理解したいんだ。

――理解する必要はないのよ。

――うん、そのとおりなのかもしれない。

――じゃあ、ニコラス、前に進む？　それとも、後ろにもどる？

――後ろにもどる。

おばあさんは目をあけて、ぼくを見下ろした。

――そうだろうと思ったわ。

数分後、席を立ったおばあさんは手を伸ばして、二本の指をぼくのあごの下に引っかけた。そして、ぼくの頭をくいと後ろにかたむける。ぼくの目をのぞきこむのが好きみたいだ。おばあさんは、ため息をつく。

——こんなのフェアじゃないわ。

おばあさんは、ぼくのお母さんがせっせと死にかけていることとか、時計が○時四分ちょうどで止まっていることとかを言っているんだろう。

——うん、ほんとにフェアじゃない。

でも、ぼくはおばあさんの言葉を誤解していたんだ。

——いいえ、わたしが言いたかったのは、そういうことではないの。死ぬことは生きることの一部だから。言いたかったのは、あなたがいま経験していることは、これからの人生もふくめて最悪の経験だということ。この瞬間、この時に、人生でなによりもむずかしいことをやらなければならないということよ。

わかった気がして、ぼくはうなずく。

――たったの十二歳なのに。

――そのとおりよ。

十二歳なんて、ゼロみたいなもんだ、とぼくは思う。

でも、それはうそだ。

ゼロなんかじゃない。

――お母さんが生きたのは、一万二千七百六十二日ね。

窓の向こうでは、あいかわらず岩壁がビュンビュン過ぎ去っていく。

――それって、かなりの日数だよね。


そのあとは、ふたりともなにも言わなかった。時には、言葉が尽きてしまうこともある。

言うべきことが、ひとつも残っていない。

だから、無言ですわっている。

そうするのが心地いいから。

お尻の下で座席が振動しはじめ、つぎに列車全体が揺れて、気づいた時には、四方から照らしてくるようなまぶしい白い光のなかに溶けている。

ぼくは病院のカフェの外にいて、フロアの真ん中に立ちながら、行き交う人をながめている。いまは二〇一九年七月二十三日だ。お母さんは治療を受けるため、仕事の休みを取っている。それがどういうことなのか、当時のぼくはちゃんとわかっていなかった。わかりたくもなかった。

だから、またここに来たんだろう。

前よりもうまくやらないと。

逃げ出した時よりも。

お母さんをカフェに残して。

ひとりぼっちにしちゃった。

お母さんが、あの話をしたあと。
ありえない話ばかりをしたあとで。

いちばん悲しい日

今回も、与えられた時間は一時間きっかり。

いまは二時三十分、それか、あと二、三分で二時半になる。

ぼくは、二〇一九年の病院のカフェにいる。石の床、黄色い壁、長いろうか。診察室に通じるあやしげな緑色のドアや、そういう類のもの。いかにも病院にありそうなものがそろっている。

病人のための情報でいっぱいの掲示板。

でも、このカフェのなかでは、病院の重苦しい静けさはなくなっている。コーヒー、ジュース、菓子パン。ぼくはお母さんより先に着いた。前もそうだった。

一回目の時も。

お母さんは、車輪のついた棒をつかみながら、エレベーターからぼくのほうに足を引きずって歩いてきた。棒のてっぺんからは点滴袋がぶら下がっていて、その袋はお母さんの腕に刺さった管につながっている。

「ニコラス、お待たせ」お母さんは、ほほえもうとした。けれど、きつそうだった。すごくきつそうだった。

目のまわりには、たくさんのしわがある。

細いしわで、カラカラに乾いて見える。

紙の皮膚みたい、とぼくは思う。

お母さんは紙でできているみたいだ。

お母さんは、椅子を引き出して腰かけた。あの棒もそばに引き寄せる。ぼくがそれを見上げると、お母さんは肩をすくめた。いいわけするみたいに。なんでもないのよ、と言うみたいに。

だけど、なんでもなければ、点滴なんかしない。

相手が長いあいだずっと考えてきたこと、なにか大事なことを言おうとしているのが、わかってしまう時がある。たぶんそれは、とんでもなく悪い知らせだ。あの日、カフェでお母さんがその話をしようとしているのが、ぼくにはわかった。

それまでは、そんなこと頭をよぎりもしなかった。いつも考えるのを避けていて、お母さんの病気を忘れたふりをしていた。

ぼくは一度も考えたことがなかった。お母さんが死ぬかもしれないなんて。

なのに、あの日お母さんが話したのは、そのことだった。そっくり同じ言葉は使わなかったけど。ひとつのことを伝えるのに、言いかたはいくらでもある。耳ざわりがいいように、真実をオブラートに包むんだ。

死んでしまうんだということを伝えるのに、うまい表現なんてない。それでもお母さんは、なんとかうまく伝えようとしていた。

ぼくたちはしばらくおしゃべりをした。学校のことやなんかを。お母さんは、ぼくの友だちや先生、それにお父さんの様子をたずねた。あの時、ぼくはこう思っていた。友だちや先生のことなんて、どうでもいい。お父さんのことだって。

お母さんはもっとほかに話したいことがあるのに、なかなか言い出せずにいるのが、見ていればわかった。だからって、ぼくにはどうすることもできない。

「じつはね、ニコラス」ついにお母さんは切り出した。「お医者さんの話だと……お母さんの治療(ちりょう)はあまりうまくいかないみたいで、病気が悪化するかもしれないって」

お母さんは、あの時とまったく同じことを言った。

ぼくはうなずいた。お母さんは、ぼくがわかっていないと思ったようだ。

「ニコラス、お母さんは死ぬかもしれないの」

きっと、お母さんはその言葉をひと晩(ばん)じゅう、一日じゅう考えていて、泣かないと決めていたんだ。

「泣いてないわよ。いまはまだ」

本当に泣いていなかった。だけどすぐ、大粒の涙がひと粒、頬を流れ落ちていき、くちびるの端で止まった。まさにその時、その瞬間に、ぼくは逃げ出した。

それが前回、ぼくのしたことだ。

けれど今日は、だまって椅子にすわったままでいる。

やがて、ぼくは口を開いた。

「わかったよ」

本気で受け入れたんだってことは伝わったかもしれないけど、ぼくが未来からもどってきたなんて、お母さんにわかるはずがない。病院のベッドに横たわって、あらゆる装置と管につながれた、お母さんの姿を見たなんて。

わかるはずがない。

今日はもう、ぼくは逃げない。今日は二〇一九年七月二十三日。二度目の。

　ぼくはお母さんのためにコーヒーのおかわりをもらって、菓子パンをもうひとつ買った。お母さんは菓子パンで気分が悪くなってしまうからと、ぼくにゆずってくれた。

「薬のせいよ」棒からぶら下がっている点滴袋と、腕に刺さっている針をあごで示して、お母さんは説明する。「ぜんぶ薬のせい」

　ぼくの頭のなかは、からっぽになっている。

　お母さんが死んじゃうってこと以外、なにも頭に入らない。死がすべてを支配してしまう。

　しばらく無言ですわっていたあとで、ぼくは時間を確認した。三時十分。残りは二十分、たったの二十分しかない。ぼくはほかに言うことを思いつかなかったけど、お母さんは思いついた。

「あなたはお母さんの小さな聖人よ」と、ささやくように言う。「わたしの聖ニコラウス。それがあなたなの。あなたは光。いいえ、ほんとは……」

　お母さんは鼻をすった。

「わかってるよ」

「いいえ、ちゃんと言わせてちょうだい。あなたは光じゃない。あなたは光をかかえている。そこにはちがいがあるわ」

レジの奥にいる女の人が、さりげなくこっちを見ている。それが感じ取れた。視線を感じた。

具体的にはなにがちがうのか、ききたかった。

光そのものになることと、光をかかえていることとの、どこにちがいがあるのかを。

一生わからないままだったら、どうしよう。

「もう、もどらなきゃ」お母さんは言って、やっとのことで立ち上がると、ぼくの目をまっすぐ見つめた。「でも、またすぐ会えるからね。ここであと四日間の治療を受けたら、また会える」

「もうすぐお父さんが来るよ」

「わかってるわ」

お母さんはゆっくり身をかがめて、ぼくを抱きしめたあと、いまではすっかりおなじみになったあのエレベーターのほうへと、足を引きずりながらもどっていった。通行人が視界をさえぎって、お母さんの姿を見えなくした。背の高い人や低い人、若者や老人、太った人や痩せた人。どこを見ても人がいる。

外はあたたかいのに、ここにいるぼくは凍えている。

腕に鳥肌が立っている。

心臓に鳥肌が立っている。

大きな悲しみのあまり、心が凍りつきそうな時は、心臓に鳥肌が立つ。

ブツブツだらけの、心臓の鳥肌。

本当にそうなるんだ。

愛する人に対して、やらなければよかったと後悔しているすべてのこと――たとえば、誕生日プレゼントをもらっても感謝しなかったり、お母さんが死んでしまうときいて、席を立って逃げ出したり――を、やり直そうと努力したら、ほかのこともどんどん進められる。お母さんを救うことができる。きっとできる。

アドバイス93

いまは三時二十三分で、制限時間はまだ終わっていない。

ぼくはいつも夜にすわっているベンチのところへ歩いていく。時間がくり返される場所。何度も、何度も。

ユーチューブで二匹の犬の動画を見ても、ぼくは笑えずにいる。

ソーセージドッグとも呼ばれるダックスフントが、ホットドッグとロールパンを食べる動画でさえも。

いつもどおり、ベンチのすわり心地はかたい。だれかが置き忘れていった新聞があり、ぼくは日付を見下ろした。いま起きているのは、ぜんぶ一年前のことなんだとわかっていても、二〇一九年七月二十三日とモノクロで書かれているのを見ると、やっぱりおどろいてしまう。

じゃあ、こうしたら、どうなるかな……。

ポケットに手をつっこみ、家の鍵を取り出した。鍵の先端を指に押し当ててみる。かなり鋭い。

木でできたベンチの端っこギリギリのところに、〝ニコラス　二〇一九〟と、めだたないように刻みつけた。よくさがさなければ、見逃がしてしまう。

そのあと、ぼくは大きなドアから外へ出ていった。

顔に陽射しを浴びて、深呼吸する。

いつものように、ぼくのわきを通りすぎていく人たちはみんな、こう思っているんだろう。ほら、お母さんが死にかけている子だ。そして、ぼくをかわいそうだと思っている。

車いすの女の人が外に出てきて、ぼくのそばにある喫煙所にやってくる。はじめは苦戦しながらも、なんとかタバコに火をつけた。

その人の顔は青白く、歯は茶色だ。

何度かくしゃみをするうちに、タバコが飛んでいってしまう。

タバコは水たまりに落ちて、火が消えてしまった。

「いつも、こうなんだから」女の人はぼやいた。

そして、車いすを回転させて、病院のなかにもどっていく。

そのとちゅうで、女の人はリンカーンとすれちがった。リンカーンは太陽の下に出てきて、目を細めながら、手で陽射しをさえぎっている。

「まったく、なんて日だろうかね」ぼくを見ないで、そう言った。

「うん」

リンカーンは、ほかにもなにか言うつもりかな？

けれど、ふと気づいた。ぼくがだれなのか、リンカーンはぜんぜん知らないんだ。いまは二〇一九年で、ぼくたちはまだ出会っていない。二〇二〇年七月まで、出会うことはない。だから、ぼくのことがわかるはずがないんだ。

リンカーンは首のストレッチをした。首がぐきっと鳴って、顔をしかめている。ぼくはなにか言うべきなのかな？　太陽の下に長時間いすぎたみたいに、リンカーンの頬は まだらに赤くなっている。

「何度やり直してもむだだよ」上空を飛んでいく二羽の鳥をながめながら、リンカーンは言った。「結果はいつも同じだ。お母さんは救えない」

そんなことない、と言ってやりたかったけど、言わなかった。

「つまり、これまでにきみがやってきたみたいに、ささいなことなら変えられる。気持ちを軽くしてくれるようなことだよ。だが、お母さんを救うことは決してできない……死から救うことは」

ぼくはリンカーンを見上げようとせず、かわりに目を閉じた。

すると、リンカーンは行ってしまった。立ち去っていく音がした。

ベルトの鍵束をジャラジャラいわせながら、自転車置き場と駐車場のほうへ歩いていく。

「残りは一分だぞ、ニコラス」

目をあけた時、リンカーンはいなかった。

そのあと、自分のなかでなにがどうなっていたのか、ぼくにはさっぱりわからない。

ぼくは怒っていた、カンカンだった。

リンカーンに対して。人生に対して。

なにもかもに対して。

ぼくはまた、エレベーターのそばのあのベンチに引きもどされた。二十三時五十四分ちょうど。スマホを取り出して犬の動画を見ることはせず、分針が四分をさすのをじっと待っていた。すわっているベンチの木の板を見下ろすと、ふたつの言葉があった。〝ニコラス　二〇一九〟と。丸一年が過ぎても、ぼくが刻みつけたのと同じ場所に、いまでも残っていた。

リンカーンが角を曲がってきて、何メートルか向こうで立ち止まった。

「そろそろ、あきらめたらどうだ」とリンカーンは言う。

「いやだ」

リンカーンはまた歩き去り、ぼくはひとりぼっちになる。時計が三分をさし、四分をさす。エレベーターのパネルに赤いボタンがあらわれるとすぐに、ぼくは〈終点〉におりていく。それから、灰色の髪のおばあさんが待っているホームに直行する。

おばあさんは、怒っているようにも困っているようにも見えない。

だけど、ひとことも話さない。

ぼくは二〇一七年と二〇一九年にもどって、長い一周を何度もくり返した。二〇二〇年七月二十二日の二十三時五十四分にまたもどってきた時に、お母さんが元気で病院にいなくてすむように、あれこれ試した。エレベーターでまたおりて、エレベーターでまたおりて、ドアが開くのを待ち、ぼくを止めようとする四人の番人から急いで逃げて、列車に乗る。何度も、何度も。何度もくり返し、列車に乗る。

でも、だめだ。いつもうまくいかない。

十二回目、息も絶え絶えだ。

睡眠不足と悲しみのせいで、くたくただった。

ぼくがなにをやってきても、もどってきた時、お母さんはいつも三十四病棟にいる。お父さんはいつも、ベッドをかこむ金属製の手すりから身を乗り出している。ここにはいつも看護師がいて、病院があって、病気があって、ぼくがいる。

十四回目のチャレンジのあと、ぼくはひざまずいた。

いつもの待合スペースで、いつもと同じ時間に。二十三時五十四分。

かたい床のせいで、ひざが痛かった。

手の感覚がない。

「ぼくには勝ち目がない」ぼそぼそとつぶやいた。「どうしたって負けるんだ」

コインが床に落ちる音がして、コインが転がっていく音がした。

それから、リンカーンの姿が見えた。エレベーターのボタンがある柱から、ほこりをふっと吹き払っている。

そして、布でさっとひと拭きする。急いでいる様子はない。リンカーンは、ぼくの後ろにあるベンチに腰かけた。

「スマホで子犬を見たほうがいいんじゃないか？　犬の動画を見るのは、べつに時間のむだじゃないぞ。悲しいことだけを考えるなんて、だれにもできやしない。そんなことをしたら……心臓に鳥肌が立つだけだ」

「氷みたいに冷えた心に」

「それ、それ」

リンカーンは若い男のままだけど、いまは口ひげを生やしている。両端がくるっとカールした口ひげだ。

「変えるべきじゃないことは、変えられない」リンカーンは、ベンチの横をぽんぽんとたたく。「すわりなよ」

体が痛かったけど、ぼくは言われたとおりにした。

それぐらいくたくただった。とことん疲れ切っていた。

リンカーンは口ひげをなでつけた。「きみはまだ小さいのに、こんな目にあうなんてフェアじゃないよな。お母さんは気の毒に。おれにはきみの気持ちがわからないなんて、決して思わないでくれ」

見上げた時、リンカーンの言葉は本当だと思えた。その目には、うっすら涙がにじんでいるようだ。涙はまぶたのふちにたまっていて、悲しそうに見える。けれど、それはほんの数秒の出来事で、リンカーンはまたふつうに……冷静になった。

「人が死ぬことに意味なんてない。なんで変えちゃいけないの？」ぼくは言った。

リンカーンはうなずいて、腕時計を見た。

もうすぐ二十三時五十九分になるところだ。

「だが、今日ここで起きていることが、この先のきみを変えるとしたら？　それできみが、世界じゅうの人の救いになるような、すばらしい本を書くことになるとしたら？

きみには、そういう人たちが心のなかでどう感じているのかわかるし、十二歳のうちからわかってるんだから」

「本なんて書けそうにないよ」

リンカーンはにっこりして、そのあとうなずいた。

「うん、だろうな。いまはまだ。たった十二歳なんだから。だけど、これから何年かすれば、もしかしたら書けるかも……〝もしかしたら〟って言いかたをしてるのは、断言できないからだ。勝手に明かしていいようなことじゃないからね」

ぼくは言われたことについて考えてみた。

そんなに無茶な話でもないのかも。

「参考になる例みたいなものを書くってこと？　だれの身に起きてもおかしくないことの？」

「そう、まさにそれだ」リンカーンはパッと顔を輝かせた。「ひとつの例。どんなことが……起こりうるかの」

○時を一分過ぎていたけど、ぼくは立ち上がらなかった。すわったまま、考えている。

考えることが山ほどあった。お母さんたちは死んだらどこに行くのか、とか。

ほかにもある——お別れを言うのが、どれだけ大切かということ。

ちゃんとしたお別れを。

こんなふうに、お母さんが病院のベッドに横たわっている状態じゃなく。

そのことはリンカーンに話さなかった。

リンカーンは立ち上がり、歩き去っていく。

けれど、話は終わりじゃなかった。

「きみがおぼえていれば、その人たちの存在は決して消えないんじゃないかな？」リンカーンはベルトを調節して、穴ひとつ分きつくしめながら言った。「そうだろう？」

「うん、そうに決まってる」

「そうか、じゃあな」

リンカーンはうれしそうだった。すべてをわかっているとは思わないけど……それでも、いい人だ。それはまちがいない。それに、気にかけてくれている。

リンカーンは、ぼくにとっていちばんいいことを望んでくれている。そう感じられた。

心臓に鳥肌が立つのとは反対で、心があたたまっていくみたいだ。

胸にそっと春の陽射しがふりそそぐように。

〇時四分、ぼくはエレベーターホールの真ん中にある柱のところに行って、赤いボタンを押した。

右側のドアが開く。
これが最後だ。
最後にしなきゃ。

これまでとはちがう

お父さんのいる三階には上がらなかった。

上がるんじゃなく、エレベーターで下におりていく。

明かりが消えて、ジージー鳴った。

明かりがまたついた時、壁にかべついた手すりのあいだに、一本の燃もえさかるたいまつがはさまっているのに気づいた。硫黄いおうと焦こげた紙のにおいで鼻がムズムズする。

このたいまつを持っていけってことなんだろう。

ぼくはたいまつを取って、手のなかで重さをたしかめた。

長さは五十センチぐらい。

空気をなめるように炎が燃えている。

炎はもがいているみたいに、天井に向かって伸びている。

ぼくは、たいまつを体から遠ざけて持った。

なにしろ、火は熱いものだから。

アドバイス94

だれかが燃えさかるたいまつをくれて、なんでくれたのかを言い忘れていたとしても、きっと理由はすぐにわかる。


エレベーターのドアが開いた時、なんのためにたいまつがあるのかわかった。

エレベーターのすぐ外に、あの四人の番人が立っていた。なかをのぞきこんで、ぼくをにらんでいる。

気づくべきだった。

ぼくはあれほど何度も〈終点〉行きのエレベーターに乗ってきたんだから、番人にももうわかったんだ。どういう仕組みかを知って、ぼくを待ちかまえていた。

番人たちは、これまでにないほど恐ろしく見える。

それでも、エレベーターのなかには入ってこない。火のついたたいまつと、天井のチカチカする明かりが、番人を押しとどめているらしい。番人の黒い体は影のなかに溶けこみ、はっきり見えるのは、ギラリと光る目だけだ。

ひとりが片手を伸ばし、ひとつ大きく息を吸うと、天井の明かりに息を吹きかける。

明かりが消えた。

ぼくはびくびくしながら、逃れる方法を考えようとした。外の暗がりに目を向けると、ある方法を思いついた。六十メートルほど先に、列車の上にある屋根の割れ目から、かすかな光が射しているのが見える。

だいじょうぶ、きっとやりとげられる。

かわすことさえできれば。

番人を、剣を、盾を。

番人たちは、いまではうなり声をあげている。

鼻息を荒くしている。


ぼくが持っているたいまつは、いまもオレンジや赤の炎を燃やしていて、番人たちにも取り上げることはできない。感覚で、それがわかる。

そう、用心しておけば、番人はぼくの手からこの光をうばうことはできない。番人たちは炎を吹き消そうとしているけど、ぼくは恐る恐る何歩か踏み出して、ゆっくり近づいていく。

たいまつはまぶしい金色に燃えつづけている。

ぼくは腕を突き出し、番人たちをじっと見つめた。

向こうは、よろよろとあとずさった。

番人は、ぼくが過去を変えるのを阻止したいんだろう。

ぼくの人生で起きたすべてのこと、すべての悲しいこと。

でも、ぼくはもう、過去を変えたいとは思っていない。

番人は、お望みどおり過去を守ればいい。

ぼくはただ、行かせてほしいだけなんだ。


ぼくは怒っているように見えるかもしれないけど、じっさいは怖がっているだけだ。

怖くてたまらないから、番人たちのほうへ突進した。

腕を伸ばして。

番人たちは、ちりぢりに走っていく。

走れ、ニコラス。

ぼくは自分に言いきかせて、これまでにない速さで走った。炎を盾にして、たいまつをぶんぶんふりまわしながら。足音がしないせいで、番人の居場所がわからなかったから。

音のないなかで走るのは、想像するよりむずかしい。

足を踏み出すペースやリズムがつかめないせいで。

スピードを上げられない感じがする。

でも、ほんとはちゃんと走れている。

ぼくはやりとげた。

天井に這いのぼる植物を透かして、ほのかな光が点々と射しこんでいるところにたどり着いた。ひび割れたコンクリート。ホームには黄金色の光が揺らめいている。

番人たちは、ぼくの背後のどこかで止まった。

かろうじて残る影のなかで、じっと立ちつくしている。

それ以上ぼくに近づこうとはしない。

——あなたは、この旅をくり返しすぎた。

あの人は、そう言った。灰色の髪のおばあさんは。

——わかってるよ。

――今度ばかりは、番人も引き下がらないでしょうね。あなたを止めたがってる。この天井からの光も、さえぎろうとするでしょう。それに、あなたの手のなかのたいまつも消してしまう。

ぼくは息が止まりそうになった。

――そんなことできるの？

――彼ら(かれ)はなんだってできるわ。

やれるもんならやってみろ、と言いたかった。でも言わない。

燃(も)えさかるたいまつを手に、だまって立っている。

そう、ぼくはたいまつを手にした男の子だ。

そして、この火は消えない。

だから、ぼくはそう言った。

――この火は消えない。

古い駅舎(えきしゃ)とうす明かりに通じているトンネルのずっと奥(おく)に、ぼんやりとした人影(ひとかげ)が見える。最後の旅のため、もう一台の列車に向かって歩いていく若い男の人だ。金色の髪で、ちょっとふらふらした歩きかただけど、最後には無事にたどり着いた。

きっと、ぼくのすぐ前に、あのエレベーターに乗ってきたんだ。

そうだよ。

あの人は、家に帰るんだろう。

あの人は、去ろうとしている。

この〈終点〉があってよかった。

ここがあるおかげで、みんながおだやかに去っていける。

――ここはおかしな場所だね。人生を終えた人たちはみんな、ひとつの方向に進むのに、ぼくは反対に進んで行ったり来たりしてる。信じられないよ。

おばあさんは肩をすくめた。

――すこしもおかしなことではないわ。昔からずっと、こういう仕組みだったのよ、あなたがいままで知らなかっただけで。それは、おかしいということにはならない。新しく知ったというだけ。

たしかにそうだ。ちっともおかしなことじゃない。ぼくみたいな人にとって、まさに必要なものなんだ。

灰色の髪のおばあさんは、ぼくの手を取って、トンネルから入ってくる列車のほうへ連れていく。おばあさんは、思ったほど背が高くなかった。いままで気づかなかった。たぶん、ぼくより二十センチぐらい高いだけ。でも、すごいや、本当に年寄りだ。

それでも、おばあさんはすばやくて、軽快にきびきび動いている。

むだにできる時間はない、とおばあさんは考えているみたいだ。これまでよりもすばやい動きで、ほほえみを浮かべてもいない。集中していて、口元を引きしめて、目をそらさずにいる。

ドアが開き、ぼくらは列車に乗りこんだ。

赤くて長い座席、両側の壁に沿ってひとつずつ。

おばあさんが片側にすわり、ぼくは向かい側にすわった。燃えさかるたいまつは、まだ手に持ったままだ。

——前に進む？　それとも、後ろにもどる？

その質問をしないわけにはいかず、毎回ちゃんと確認しなきゃいけないんだろう。でも、きかなくても答えはわかってる、とおばあさんは思っていたはずだ。だから、ぼくがせきばらいをして答えた時、おばあさんはおどろいてぼくを見上げ、もう一度言ってとたのんだ。

——前に進む。二分、前に進む。

おばあさんは疑っているようだ。

——過去に……もどるんじゃなく？

ぼくは首をふった。

——うん。

――わかったわ。どこでおろせばいい？　前に進むなら、場所も教えてもらわないと。

はじめてのことだし……そうでしょう……

――エレベーター。いまから二分後の。

――だけど……

――反対したければすればいいけど、ぼくは二分後の〈終点〉に行かなきゃならない、行きたいんだよ。そうすれば、あっちに向かって旅をする人を待つことができるから。

その人が病院からやってくるのを待つんだ。

スピードが上がるのにあわせて、列車が揺(ゆ)れ出(だ)すのを感じた。

後ろのどこかで、番人たちはいまでも待っているんだろう。

好きなだけそこにいればいい。

だって、ぼくにはたいまつがある、光がある。

だれもぼくのじゃまはできない。

窓の外では、岩壁がぼやけて、黒いしみにしか見えない。

――もうすぐよ。

――わかってる。

おばあさんは、祈りをささげるみたいに、ひざのあいだで両手を握りしめている。組んだ指を見下ろしながら、おばあさんはぽつりと言う。

――あなたがもどってきた時、わたしはここにいない。

――わかってるよ。

おばあさんはほほえんで、もう一度うなずいた。長い髪がシルバーみたいにちらちら光っていたかと思うと、おばあさんの姿はうすれはじめた。最後には透明になって、この車両から消えてしまった。

いまではぼくひとりだけで、列車はいまもフルスピードで走りつづけている。暗闇のなかを、光をめざして。

ぼくは、すがるようにたいまつを握りしめている。

ぼくにはもう、これしかないんだ。
それに、手ばなすつもりもない。

#〈終点〉

エレベーターのなかで最初に見たものは、鏡に映る自分だった。目のまわりのくま、腫れぼったいまぶた。頬は青白く、肩はこわばって見えて、赤いパーカーのあちこちに汚いしみがついている。どこでついたのか、わからない。

エレベーターが動くのにあわせて、デジタル画面がピーンと音を立てる。

一階ずつ、下へおりていく。

ぼくは照明が消えるのを待っている。

照明が消えた。

すべてが暗くなり、ぼくはたいまつをぎゅっと握りしめ、目の前にかかげる。今回、天井の照明は、いままでよりずっと長いこと消えたままのようだ。炎が壁に細い光を投げかけているけど、エレベーター内の暗闇をしのぐほどの力はなさそうだ。

頭上の電球がジージーいったあと、照明がまたついた。白い光が何度かチカチカ点滅してから、エレベーターのなか全体を照らす。

明かりがもどった時、その人がここにいるのを見ても、ぼくはおどろかなかった。

ぼくの死んだお母さんだ。命を落としたばかりの。

病院の服を着て、ぼくの目の前に立っている。

ゆったりした青いシャツ。ズボン。靴下は、なし。裸足だ。

明るい光の下で、青白く見える。

お母さんは、まっすぐ前を見つめている。壁に絵でもかかっているみたいに。興味を引くような絵が。それから、なにかをたしかめるように、腕やおなか、顔に手をやっていく。だけど、たいまつを持ったぼくがそこに立っているのを見つけると、そんなことはぜんぶ忘れてしまう。

お母さんのくちびるが震えている。口を開いて、なにか言おうとするけど、ここではやっぱりうまくいかない。〈終点〉に向かうとちゅうでは、声が出せない。頭に思い浮かべるんだよ、とぼくは心のなかで伝える。お母さんはうなずいた。

――ニコラス。本当にごめんなさい。

どこへ行こうとしているのか、お母さんにはわかっている。

――なぜか感じるの。とにかくわかるのよ。

――うん。

ぼくには、それしか言えなかった。

わかっている、お母さんが言おうとしていることが、ぼくにはちゃんとわかっている。

お母さんがなにかをきこうとした時、ドアが開いた。外がいつもより真っ暗だ。天井から射しこむ光は、ストローぐらい細くなっている。エレベーターのすぐ外には、うなり声をあげる番人たちが、覚悟を決めた顔でならんでいる。

今度こそぼくを捕まえられると思っているんだ。

だけど、あいつらはぼくを見くびっている。

いまでも赤々と燃えている、このたいまつを見くびっている。

この炎は決して消えない。

剣とか魔法の杖とかみたいに、たいまつをかざしてふりまわす。

溶接中に出る火花のように、小さな火の粉が空中をただよっている。火の粉はパチパチと音を立て、赤く熱い。暗闇のなかでうごめく存在にとっては危険なものだ。

当然、番人はシーッと怒りをこめたささやきをもらす。それに、ひるんでもいる。

ぼくはお母さんの手をつかんだ。

ぼくたちは前進した。ぼくが先に立って、お母さんが後ろからついてくる。たいまつを前にかかげて、盾にしながら。行く手をはばもうとする番人がまた向かってきたけど、ぼくはたいまつをふりまわして、必要であれば相手の腕や胸に炎をふれさせた。

――もうじゅうぶんよ。

たしかに、じゅうぶんだった。

ぼくたちは番人から逃げきった。

そして、あの古い列車のところにたどり着いた。

燃えさかるたいまつの炎に照らされていると、いつもより屋根が高くなったようで、緑の植物は前よりも色が濃く見えた。クモの巣が張っていて、コンクリートのひび割れのあいだに密集している。

ぼくは、お母さんの顔の高さまでたいまつをかかげた。

お母さんは怖いんだ。怖がっているのが、顔に出ている。

でも、ぼくのたいまつを見ると、にっこりほほえんだ。

——言ったでしょう、ニコラス。あなたは光をかかえている。これまでも、これからもずっと。

ぼくは言い返さなかった。

アドバイス95

一時間足らずしかない時に、言い返したり、ばかなことを言ったりして、時間をむだにしないこと。

ぼくはトンネルの先にある駅を指さして、線路からホームにあがるようお母さんに伝えた。あっち側のホームにある駅舎のところへ行かないと。

明かりがついた窓のところへ。

トンネルを抜けると、空に星と小さな白い雲がふたつ、東のほうには銀色の月が出ているのが見えた。

お母さんはぼくを引きとめて、空を見上げた。

――見て。星がきれい。星は大好きよ！

わかってる、お母さんは本当に星が好きなんだ。

お母さんは胸を押さえていて、普段とすこしも変わらないように見えるから、ぼくは冷静でいようとした。お母さんを困らせたくない。

残り時間は五十分。

ふたりにとって、最後の五十分。

お母さんとぼくが、いっしょにいられる時間。


駅舎は、ぼくが思っていた以上にきれいだった。いままでは遠くからしか見たことがなかったけど、壁の茶色の羽目板はペンキとニスがきれいに塗られている。えんとつが一本。それに、明るい窓。心をいやしてくれる明かり。

クリスマスとか、そういう時期を思わせる。

お母さんは近づいていって、窓のなかをのぞきこむと、幸せそうなため息をもらした。

——なんてきれいなの。見て、すごくきれいよ。

ぼくはお母さんのとなりに立ち、両手をガラスにつけてのぞきこんだ。でも、見えるのはガランとした部屋だけだ。使い古されたベンチがふたつと、部屋の真ん中に大きな時計がある待合室。その時計は、天井に向かって柱みたいにそびえ立っている。

――なにも見えないよ。

お母さんはぼくの肩に手を置いて、うなずいた。

――あなたと、お母さんと、お父さん。みんなで大笑いした、去年のあの夜。それが見えるの。あなたには見えない？

見えないよ、と言いたかった。

だけど、だまっていた。

お母さんにしか見えないんだってことは、わかっている。その時、あの灰色の髪のおばあさんが言っていたことを思い出した。

だれもが人生で最高の瞬間を見るの。

目に涙が浮かんできた。

ぼくはその一部になれたんだ、お母さんの人生で最高の瞬間の。

胸が苦しくてたまらない。

しばらくのあいだ、ぼくたちはたわいもないおしゃべりをした。
気持ちがラクになるような話を。
どうでもいいこと、たとえばぼくの大好物のシナモンロールのこととか。
それに、お母さんの大好物のチーズサンドのこととか。
ぼくたちは、どうでもいいことを、いつまでも話しつづけられる。
その人を形づくる、あらゆることについて。
――あのケーキ、おぼえてる？
お母さんは、ちゃんとおぼえている。
――あれは世界一のケーキだったわね。
お母さんはそう答える。たわいのないこと。
そういうおしゃべりが、かけがえのないものなんだ。
ぼくたちがすわっている木のベンチの足元に、あたたかいそよ風が吹きつけてくる。

線路の上や建物のまわりを、落ち葉が舞いおどる。

お母さんは、また星を見上げている。

ぼくは、お母さんを見ている。

二十五分間。

ぼくたちに残された時間は、あとそれだけ。

でも、じゅうぶんだ。

お母さんは、ぼくの手をぎゅっと握りしめて、あまり多くは話さない。言いたかったことは、もうぜんぶ話したんだと思う。まだ、そこにいるうちに。まだ、生きているうちに。

――すごく悲しい？

お母さんは、ぼくにきく。

――すごく怖い？

ぼくは、お母さんにきく。

それを同じタイミングで言ったから、ふたりそろって笑った。

お母さんが答える。

――いいえ、そんなには怖くない。最悪の時は過ぎて、そこをどうにか乗り越えたから。あれは、なんともたとえようがないものね。

――あれって？

――死ぬことよ。

お母さんは青い夜空を見上げて、ため息まじりに言う。

――おかしなものだけど、死ぬことなんてできないと、みんなどこかで思ってるのよね。あまりにつらくて悲しいことだから、そんなの無理だと。

――よくわかんないや。

ぼくには本当にわからなかったんだ。

――じゃあ、あなたはどう？　怖い？

お母さんにうそをつきたくなかったから、ぼくはうなずいた。

アドバイス96

だれに対しても、うそをつかないこと。そのうそが、相手に伝えた最後のことになったらどうする？　そんなの、最悪だ。

たいていの場合、真実がいちばんいい。

――すごく怖(こわ)いよ。でも、これまでの受け止めかたとはちがう。ちゃんとお別れを言うのが大事なんだ。ちゃんとお別れできなかったら、陽射(ひざ)しを感じるかわりに、心臓(しんぞう)に鳥肌(とりはだ)が立つことになるから。

お母さんは、やわらかい手でぼくの髪(かみ)をなでた。

――あなたはとてもかしこい子ね。あなたと出会えたことが信じられないわ。まちがいなく、あなたはおおぜいの人たちの役に立てる。

ぼくはくちびるをかんだ。

――ぼく、本を書くかもしれないよ。ぼくみたいに、悲しくて孤独でいることについて。ほかのみんなが、そんなにさびしがらずにすむように。とくに、まだ小さな子どもたちが。泣いてるのは自分だけじゃないってわかれば、気持ちがラクになるかもしれないよね。

お母さんは立ち上がり、なにかに耳をかたむけているみたいだ。

遠い地平線はいまも影でしかないけど、ふちの部分にほのかな赤い線が見える。

――泣くのはやめておきましょう。

ぼくも賛成だ。

――もう泣けるだけ泣いたもんね。そろそろ列車が来るみたいだよ。

ぼくはふり向いてたしかめもせずに、そう言った。どこか深いところで、直感的にわかることだった。お別れだという感覚が強くなるのにあわせて、足の下の分厚いコンクリートの振動も大きくなっていって、ホームを揺らしている。そうして、駅に入ってきた列車は、いままでここで見てきたどんな列車ともちがっていた。

――どこもかしこもピンクだわ。
お母さんは列車を見て言った。
――オエッ。
ぼくはふざけて言った。
でも、ほんとは、すごくすてきな列車だ。
お母さんはピンクが大好きだから、こうなったんだろう。
ピンク色の列車。

お母さんはふり返り、ぼくをまじまじと見つめて言う。
――なんだか、あなたはすこし変わったみたい。
――かもしれない。
――ハグしましょう。
――うん。

アドバイス97

お母さんとハグをするのはこれが最後だとわかっていたら、ぜったいに長いあいだ抱きしめて、お母さんのことをおぼえておけるよう、できることはなんでもしておくこと。においや感触、見た目、背中や肩や握った手、呼吸の速さ、首元にふれる髪、ふれあう耳と耳、あたたかい頬の感触、そういうものをはっきりおぼえておけば、その瞬間を永遠のものにできる。この先、自分の部屋にすわっていても、かたく目を閉じるだけで、お母さんのにおいや感触、見た目、背中や肩や握った手、呼吸の速さ、首元にふれる髪、ふれあう耳と耳、あたたかい頬の感触がはっきりわかる。永遠におぼえておける。一生、忘れることはない。

一生、忘れることはない。

それでも、どんなに長いあいだハグをしていたとしても、いつかはやめなきゃいけない時が来る。死んだお母さんを連れ去っていく列車が到着した時には。そんなふうにあっけなく、ハグは終わってしまう。とつぜんと言っていいぐらいに。

お母さんは背を向けて、歩き去っていく。ぼくは千本の針でチクチクと刺されているように、体の内側にも外側にも痛みを感じる。


――それもいつかは消えるわ。小さな聖人、わたしのニコラス。

――うん、きっといつかは消えるよね。


お母さんは列車に乗って、ドアは閉まった。ぼくは泣きたければ泣いてもよかった。長いあいだでも、短いあいだでも。

残された時間は、あと四分。

〈終点〉で過ごす四分間。星の下で過ごす四分間。

ベンチにすわってもいい。
そよ風が吹いていて、列車は去っていく。
列車が見えなくなる。
行ってしまった。

さよならは言わない、だってお別れじゃないから。
いつの日か、ぼくたちはまた会える。
しばらくは会えないだろうけど。
だけど、しばらくは永遠じゃない。
そこにちがいがある。

とうとう、家に帰る時が来た

このエレベーターホールとぼくは、親しい友だちみたいになっている。壁のそばにあるいつものベンチにもどってくるのは、これで何度目になるだろう。ぼくはスマホを手にしていて、時刻は二十三時五十四分だ。エレベーターホールには、人ひとりいない。

お母さんはさっき列車に乗ったばかりだけど、まだここにいる。

三階に。

二十八号室に。

それはたしかだ。

でも、あと何分かで、お母さんは死んでしまう。

ぼくたちは、それをもうすませていた。

地下深い場所で。

ぼくはユーチューブの動画を開いた。飼い主がちょっと目をはなすと、きまって窓から飛び出してしまうラブラドールレトリバー。飛び出していく様子が、すごくおかしい。スローモーションにすると、犬の白い歯が見えて、まるで世界に笑いかけているみたいだ。それを見ると、こっちも笑っちゃう。

この犬はほんとに、にっこりしている。

ぼくは動画を保存した。これで、見たい時はいつでも見られる。

ぼくを笑わせてくれる、笑顔の犬。

ハハハ。

いい笑いでも、心からの笑いでもない。

だけどいま、ぼくには笑うことが必要だから、それでいいんだ。

ハハハ。

どこか近くで、コインが床に落ちる音がした。

いつものように、警備員のリンカーンが角を曲がってあらわれる。

そして、ぼくのとなりに腰かけた。

リンカーンは……おだやかに見える。

「きみにはおどろかされたな、ニコラス」ベルトを引っぱりながら言う。警棒、懐中電灯、警備員に必要そうな、ありとあらゆるもの。「いや、まったく、きみはおおぜいの人をおどろかせたみたいだ。本当に」

リンカーンは、まじめくさった声を出そうとしているらしい。

でも、さっき言ったように、すごくおだやかに見える。

リンカーンはうなずいて、じゃあなと言った。

もうぼくに用はなかった。

壁掛け時計は〇時一分をさしている。真夜中をちょうど過ぎたところだ。

ぼくは立ち上がり、エレベーターのところへ歩いていく。

三階のボタンを押す。

それが、ぼくの向かう場所だ。

病棟の入口でパリス・ラーション・ケアーがぼくを迎えて、急いだほうがいいと言う。

わかってる、とぼくは答える。ぼくは普段どおりにふるまおうとしている。普段どおりのことなんて、ひとつもないのに。

いつものように、パリスはお母さんの病室の前で立ち止まる。なかをのぞく。ぼくの年齢をたずねる。忘れちゃって、とパリスは言う。

ぼくは質問に答えてから、病室に入る。お父さんが顔を上げて、ぼくを見る。

「やあ、ニコラス」ささやくような声で言う。「どこにいたんだ?」

「あっちこっち」ぼくは、お父さんのとなりにすわる。すわるべき場所に。

○時四分。

「もう時間がないね」思いきり力をこめて、お父さんの手をぎゅっと握る。そうされることが、いまのお父さんには本当に必要だと思うから。「でも、できるだけのことをしようよ。お父さんとぼくで」

お父さんはおどろいた様子で、お母さんのほうを向く。お母さんは深い眠りについたまま、ぴくりと動いた。そのあとにやってくる、すべてのことの前に。

病院のベッドにいる母親。

父親とその息子。

そして、すべてが終わりになる。

ぼくら三人のうちの、ひとりにとっては。

このことについて、ぼくに言えるのはそれだけだ。それ以上言ってもしかたない。すこしあとで、お父さんにコーヒーを持ってきた時、パリス・ラーション・ケアーは泣いていた。ぼくもお父さんも、眠れなかった。
死んだお母さんがいたら、眠ることなんてできない。
家に帰ることもできない。
だから、だまってじっとすわっている。
なにかを待ちながら。
朝を。
ひそやかな太陽を。

いまは夏まっさかりだ。これからは夏がきらいになるのかな？　どうだろう。

夜が明けるころ、お父さんは椅子にすわったまま、どうにか眠りに落ちた。
病院から出ていくはずだったけど、そんなの無理だ。
水槽のそばの椅子で、ぼくも眠りに落ちたらしい。

頭をガラスにもたれて、魚に見つめられながら。

お母さんのいない、眠っている男の子。

その子は、八時ごろ目を覚ました。

街にある病院のなかで。

病室から出ていく時、お父さんはぼくを抱きしめた。ぼくのことまで、うしなってしまうんじゃないかと、心配しているみたいに。眠ったからか、ぼくはすべての出来事を疑いはじめていた。

あれは、ぜんぶ夢だったとしたら？

お父さんにはなにも話していない。

心のなかに、はっきり痛みを感じた。

あの出来事を、本当にあったことなんだと、信じきれなくなっているせいで。

もう疑いはじめているせいで。

お父さんはタクシーで家に帰りたがり、ぼくたちは病院の正面入口のそばにある電話のところに立っている。お父さんがなにやらぼそぼそ言うと、電話の相手はできるだけ早くタクシーをよこすと約束した。

電話を切っても、お父さんはすわらなかった。

「眠(ねむ)ろうとして眠(ねむ)れるもんじゃないな」赤くなった目で通りをながめながら、お父さんは言う。「無理には……」

そこまでで、言葉が出なくなる。

ときどき、そういうこともある。

涙(なみだ)が出なくなるのと同じで。

ぼくたちは太陽の下に立っていた。建物のあいだからのぼってきたばかりの、輝(かがや)くオレンジ色のボール。夜明けのファンファーレ。木々のなかでは鳥たちが歌い、そのさえずりが耳に届(とど)く。

不思議だな。お母さんが死んだあとも、鳥が存在(そんざい)するとは思わなかった。

「ニコラス、行くよ」お父さんは言い、自動ドアのそばにとまったばかりのタクシーのほうへ歩いていく。

お父さんは、ぼくとならんで後部座席にすわった。

お母さん抜きで家にもどる車のなかで、ぼくは窓の外をながめていた。

ふたり暮らしの家。

これまでみたいに、三人じゃない。

女性の運転手がせきばらいするのがきこえて、顔を上げると、バックミラーのなかで目が合った。帽子をかぶって、サングラスをかけた女の人。肩にボタンがついた青い上着。

「疲れてるみたいね」運転手が言う。

「疲れてるんだ」

残りの言葉は、頭のなかに思い浮かべた。

——なにもかもに、がっかりしてるんだ。自分を信じられないことに。自分が経験したことを信じてないことに。起こったすべてのことに。

夏の太陽に照らされて、病院が灰色のシルエットになり、後ろに遠ざかって見えなくなる。この地区は再開発が盛んで、そこらじゅうに巨大なクレーンがある。一年じゅう、こんな状態だ。

「建築工事が多すぎるわよね？」タクシーがストルガタン通りに入る時、運転手は首をふりながら言った。「めちゃくちゃよ。病院を建てる前は、ここに駅があったのを知ってる？　本当よ。単線の駅があったの。と言っても、大昔の話。時はどんどん過ぎていくわね」

最後の部分に、ぼくはうなずいた。

ここに駅があったからといって、なにか意味があるとはかぎらない。

「ラジオをつけてもかまわない？」運転手がたずねる。

「どうぞ」お父さんは答えた。

その曲がきこえてきたのは、その時だった。

まったくの偶然。

『ムーン・リバー』だ。

ムーン・リバー、とても広い川だけど、いつの日か、みごとに渡ってみせよう。ああ、夢を生み出し、心を打ち砕く人、あなたが行くところなら、どこまでもついていく……流れ者ふたりで、世界を見にいこう、まだ知らない世界がこんなにもある……。

お父さんは気づかないふりをしているけど、ほんとは気づいている。

お母さんの好きな曲だってことに。

お父さんが料金を支払って、車からおりようという時、運転手はふり返ってぼくを見た。なんだか見おぼえのある顔だ。

「そうなのよ。あそこには駅があったの。一九三七年まで。最後の列車は、〇時四分に出発したわ」

ぼくはかたまった。でも、お父さんはぐずぐずしたくなくて、早くしなさいと言った。

だから、ぼくはおりたくなかったけど、車からおりた。

タクシーが走り去る時、運転手が手をふっているのが見えた。

それと、長い灰色の髪が。シルバーみたいに輝いているのが。

アドバイス98

いろんなことを、いつか忘れてしまうだろうと思っても、書き残しておけば、いつまでも消えることはない。うそじゃない。ちゃんとわかって言っているんだ。


お母さんがいなくても、夏は終わり、秋がやってきた。とてもじゃないけど、信じられないことだった。

部屋の窓の外に見える小さな公園では、もう木々がたくさんの葉っぱを落としている。

黄色や茶色、斑点のある葉っぱ。

夜は冷えこみ、空は青い。

水晶のように澄んだ星が、そこらじゅうに輝いている。

お父さんは、今度こそ泣かないで夕食をつくろうとがんばっていた。

惜しいとこまでいったんだけど……。

もうじき、できるようになるだろう。

ただ、必要なだけだ……時間が。

ぼくがそうだったように。


ぼくは、お母さんのことをしょっちゅう考える。

心が冷え切っている夜には、心臓に鳥肌が立ってしまう。だけど、思い出をふり返った時には、胸に陽射しがふりそそぐこともある。

夕食のあと、ぼくは机の前に落ち着いた。ペンと紙を用意して、自信はないけど、なにか感じるものがある。

ペンをつかんで、書きはじめるのはどうだろう？

だから、ぼくは書いた。一文字ずつ。
自分が学んだすべてのことを書いていく。
ほかの人たちにも、知ってもらえるように。
夜中に泣いているみんなに。
心のなかで、そして外で泣いている人たちに。
うちのお父さんみたいな人たちに。
それと、ぼくみたいな子どもたちに。
心臓に鳥肌が立っていて、陽射しがない人たちに。

とにかく、書き出しはこうだ。

夜中の十二時半、ぼくはここにいる。生きている。

ぼくはここにいて、生きているけど、同じころ、死にかけている人たちもいる。
いま、この瞬間(しゅんかん)にも、死にかけている人がいたっておかしくない。
この瞬間(しゅんかん)にも、この瞬間(しゅんかん)にも。

そういうものなんだ——はじめに、ぼくたちはここにいる。
つぎの瞬間(しゅんかん)には、いなくなっている。

コニー・パルムクイスト
Conny Palmkvist

スウェーデン南部のヘルシンボリ在住。2005年に作家としてデビューしてから大人向けの歴史小説で著名になり、2020年には児童書を扱うスウェーデンの大手出版社が主催したコンテストで受賞。独特の文体とダークなユーモアのセンスが評価された。本作が児童書としては二作目になる。執筆のほか、編集者や文芸評論家としても活動している。

堀川志野舞
Shinobu Horikawa

横浜市立大学国際文化学部卒。英米文学翻訳家。おもな訳書に『ウィリアム・ウェントン1世界一の暗号解読者』『星命体』(ともに静山社)、『マーク・トウェイン ショートセレクション 百万ポンド紙幣』(理論社)、『ロックダウン』(共訳・ハーパーコリンズ・ジャパン)などがある。

真夜中(まよなか)の4分後(ぷんご)

二〇二四年二月二十日　初版発行

作者　コニー・パルムクイスト
訳者　堀川志野舞
絵　まめふく

発行者　吉川廣通
発行所　株式会社静山社
〒一〇二-〇〇七三　東京都千代田区九段北一-一五-一五
電話　〇三-五二一〇-七二二一

印刷・製本　中央精版印刷株式会社
装丁　アルビレオ
編集　木内早季

ISBN 978-4-86389-782-3 Printed in Japan